한 입 가득
위로가 필요해

한 입 가득
위로가
필요해

이명진 지음

크록

프롤로그

생존 섭식일지의 시작

땅! 땅땅! 땅띠리리
땅! 땅땅! 땅띠리리
오랜 친구에게서 전화가 왔다.

"요즘 지내는 것은 어떠니? 생활은 나아지고?"

"모르겠어. 그냥 오늘만 버티는 거지 뭐. 계획 같은 건 못 하고, 그냥 이번 주하고 다음 주만 생각하고 살고 있어."

"다음 주에 올라가는데, 볼 수 있니? 밥 한 끼 사주고 싶은데. 잠깐이라도 얼굴 보고 싶다."

"야. 내 빚이 50억이나 50억 3만 원이나 거기서 거기다. 안 사 줘도 돼. 밥값 정도는 낼 수 있어. 근데 시간이 될지 모르겠다."

나를 걱정해 일부러 전화해준 고마운 친구의 마음을 망치고 싶지 않아, 애써 농담을 하고 간신히 전화를 끝냈다. 사실 나갈 돈도 없었다. 그때는 매일 버티고, 버티고 또 버틴다는 생각으로 살았다.

오래전 남편은 서울의 대표 상권에 레스토랑을 열었다. 이
미 다른 회사를 운영하고 있었지만, 새로운 일을 시작해 보고
싶다며 호기롭게 시작한 외식 사업이었다. 회사 사람들을 초
대해 회식을 하기도 하고, 친구들의 생일파티를 열거나, 학부
모 모임 장소로도 자주 이용했다. 그 거리에는 주말에 유동인
구가 많아 팝업 스토어가 자주 열리곤 했는데, 그 인파 덕분
에 우리 가게에도 많은 손님이 찾아와 주었고, 이름이 알려지
면서 점차 자리를 잡기 시작했다. 직원들에게만 맡기기에는
어려울 만큼 규모가 점점 커지던 때마침 다니던 회사에서 좋
은 조건으로 명퇴를 신청 받았다. 아이들도 학교 입학을 앞두
고 있었기에 이참에 퇴직을 해서 가게를 전적으로 내가 운영
하기로 했다. 모든 것이 안정적이고, 순조로웠다.

그러던 어느 날, 남편이 임원으로 있는 회사가 흔들리기 시
작했다. 시스템에 문제가 생겨 손실금이 점점 커지고 있었
다. 사업을 하다 보면 위기는 있기 마련이니, 어떻게 해서든
회사를 살려야 한다고 생각했다. 퇴직금 보험금, 적금, 보증
금까지 끌어모았다. 친구들의 부러움을 샀던 결혼반지까지
팔아 모두 회사에 쏟아부었다. 사실 그게 회사를 살리는 게
아니라, 우리 마저 함께 가라앉고 있는 건데 그때는 알지 못
했다. 지금 생각해 보면 어떻게 그렇게 멍청했는가 싶지만,

사람이 궁지에 몰리면 제대로 된 사고를 할 수 없다는 걸 몸소 깨달았다. 다시 일어설 수 있다는 아둔한 생각에 현실을 제대로 직면하기 어려웠다. 결국 회사가 망하면서 투자금은 우리의 빚이 되었고, 전 재산도 사라졌다. 모든 것을 잃었으니, 제 발로 시댁으로 들어가야 했다. 남편과 어린 남매를 데리고 치매로 거동이 불편한 시어머님과 암 투병 중인 시아버님이 계신 시댁으로 들어갈 수밖에 없었다.

시댁에서의 삶은 하루하루가 지옥이었다.
끼니 지옥. 설거지 지옥. 빨래 지옥. 청소 지옥.

식구가 많으니 뭐든지 대용량. 음식도 대용량, 빨랫감도 대용량, 설거지도 대용량. 그중 밥하는 게 제일 고되었다. 치아가 없는 시어머님을 위한 유동식, 암 투병 중인 시아버님을 위한 보양식, 아이들이 좋아하는 반찬까지 매 끼니마다 음식을 따로 준비해야 했다. 빨래도 매일 끊임없이 쌓여 세탁기가 쉬는 날이 없었고, 청소는 또 얼마나 힘든지 몇 번이고 걸레질을 하다 보면, 땀이 눈으로 흘러 들어가 눈물이 났다. 뚝뚝 흐르는 것이 땀방울인지 눈물방울인지 모를 만큼 계속 흘러내렸다.

그때 가장 큰 지옥은 내 마음이었다. 마음이 지옥이니, 평소엔 별것 아니던 작은 문제들도 크게 다가왔다. 아이들이 밥 먹다가 흘리면 소리를 질렀다. 청소도 다시 해야 하고, 빨래도 다시 해야 한다는 생각에 참아 낼 마음의 여유가 없었다. 동네 마트에서 싸다고 왕창 사 온 양파를 까다가 다 썩은 양파를 붙잡고 울었다. 그런 현실을 매일 마주하며 나는 점점 비참해졌다. 깊은 절망과 아무도 내 마음을 몰라준다는 외로움, 원인 모를 두통이 매일 나를 괴롭혔다. 그때 처음으로 깨달았다. 앞날을 계획한다는 것은 경제적, 시간적 그리고 마음의 여유까지 필요하다는 사실을. 친구와 지인들과의 연락도 끊었다. 만나서 쓸 돈도 없었지만, 한때 허영에 빠져 살았던 나를 측은하게 바라보는 그들의 눈빛을 받아들일 자신이 없었다. 무엇보다 자존감이 바닥을 쳤다. 더는 내려갈 바닥이 없을 줄 알았는데, 매일 조금씩 더 깊은 곳으로 가라앉았다. 하루도 마음 편할 날이 없었다. 이 지옥 같은 시간이 언제 끝날지 알 수 없었고, 이렇게 참고 견디는 게 무슨 의미가 있는지 몰랐다. 앞으로도 계속 이렇게 살아야 한다는 생각에 숨이 턱턱 막혔다.

그런데도 매일 어김없이 아침이 찾아왔다. 아침이 찾아오면 아무 일 없다는 듯 일상을 준비해야 했다. 새벽까지 잠 못

이루어도, 가족들을 위해 아침밥을 차리고 등교 준비를 해야 했다. 그렇게 삼시 세끼 새로 밥을 짓고, 새로 국을 끓이고, 새 반찬을 만들다 보면, 알 수 없는 두통과 깊은 외로움을 잠시나마 잊을 수 있었다. 그 힘으로 하루하루를 버텼다. 아이러니하게도 요리에 빠져들면서 점점 더 다양하고 손이 많이 가는 음식을 만들기 시작했다. 힘들어 죽을 것 같다가도 잠시 그 마음을 잊고 어느새 나는 또다시 요리를 하고 있었다.

어느 아침, 아이를 학교에 데려다주고 집으로 돌아오는 길이었다. 봄이 온 줄도 몰랐는데, 찬바람에 벚꽃이 흩날리고 있었다. 피폐한 내 마음과 상관없이 빛나고 있는 꽃을 보며, 나도 모르게 울컥 눈물이 났다. 돌아가신 할머니와 함께 벚꽃을 보러 갔던 날이 떠올랐다. 손만 뻗으면 만져질 듯 생생한 그 기억 속에서 나를 바라보던 할머니의 얼굴은 내가 얼마나 사랑받았는지 말해 주었다. 그 추억을 거슬러 할머니가 먹고 기운 내라며 수저에 얹어 주시던 달걀전, 엄마가 끓여주던 따뜻한 된장찌개, 아빠가 나 혼자 먹으라고 사오시던 계란과자, 언니들과 만들어 먹었던 떡볶이까지 하나하나 떠올랐다. 아마도 나는 그 따뜻하고 한입 가득했던 위로들 덕분에 그 시절을 버텨 왔나 보다. 이 따뜻하고 한입 가득한 위로가 누군가에게도 전해지기를 바라본다.

• 차례 •

2장
마음을 달래 주었던 한 입

3장

응원하는 한 입

4장

자신을 있는 그대로 사랑하는 한 입

1장

견디고 버티는 한 입

시어머님을 추억하는 나만의 방식

북어 보푸라기

몇 년 전 이맘때쯤 시어머님이 돌아가셨다. 10년 넘게 뇌혈관성 치매를 앓으셨던 시어머님은 돌아가시기 전 마지막 2년간은 누워 지내셨다. 치매로 인지기능을 완전히 잃으셨던 시어머님을 요양보호사 선생님과 내가 교대로 돌봐드렸다. 매일 식사와 목욕을 돕고 약도 챙겼다. 치아가 없으셨던 시어머님은 잇몸으로만 음식을 드셔야 했다. 그래서 나는 시어머님이 드실 식사는 늘 연식이나 유동식으로 준비했다. 연식은 유동식 소화되기 쉽도록 묽게 만든 음식으로 미음이나 수프 같은 음식보다 조금 더 되직하고, 부드럽게 으깨 먹을 수 있는 정도의 음식이다. 두부찜이나 계란찜이 대표적이다. 나는 특별히 배운 적이 없는 연식을 준비하며 시어머님께 최대한 영양이 풍부하고 부드러운 음식을 만들어 드리려 노력했다.

그러나 이러한 나의 노력과 상반되게 시어머님은 종종 식사를 거부하셨다. 어쩌면 그것이 시어머님이 할 수 있었던 최대한의 의사 표현이었을 것이다. 숟가락이 들어오지 못 하도록 굳게 입을 마무셨다. 어머니의 눈빛은 완고했고, 더 드셨으면 하는 나와의 대치 상황이 길어졌다. 그러면 나는 시어머님께 애걸복걸하며 밥을 먹여 드렸다.

"어머니, 한 숟가락이라도 더 드셔야 해요. 걱정하는 아버님하고 아들 생각해서 한 숟가락이라도 더 드셔요."

음식을 준비하는 것도 힘들었지만, 직접 먹여 드리는 것은 여간 힘든 일이 아녔다. 조금이라도 드시게 하려고 입맛을 돋우는 음식 위주로 만들려 노력했고, 그때 자주 만든 게 북어 보푸라기였다. 시집와서 처음 접한 요리인데, 집에서 이렇게 손 많이 가는 요리를 해 먹는 게 처음엔 낯설고 신기했다. 북어포를 숟가락으로 긁거나 강판에 갈아 부드럽게 만든 뒤 양념하는 요리였다. 그때는 믹서기에 갈면 더 쉽다는 것을 몰라 몇 년간 북어포를 하나하나 숟가락으로 긁었는데, 숟가락에서 믹서기로 바꾼 건 5년이 지난 후였다.

보푸라기는 북어를 보푸라기로 만들기까지 오래 걸려서 그렇지, 요리는 간단하다. 포실포실 짭조름한 북어와 깨소금, 참기름이 어울려 고소하면서도 달콤하고 부드럽다. 밥과 비벼 먹어도 어울리지만, 죽과 함께 먹어도 잘 어울린다. 단, 미세한 보푸라기가 목에 걸릴 수도 있기에 시어머님이 드실 때는 잘 뭉쳐서 드려야 했다. 누워 있는 환자에게는 작은 보푸라기도 큰 위협이 될 수 있기 때문이다.

시댁에 들어가 살면서 나는 시부모님께 최선을 다했다. 그때는 뭐라도 해야 한다는 마음가짐으로 살았다. 요즘 같은 시대에 누가 아픈 부모님을 집에서 모시냐며 이상하게 보는 사람들도 있었다. 그런 말을 들을 때면 괜히 부끄럽고 창피한 마음이 들었다. 지금이라면 잘 알지도 못하면서 함부로 말하지 말라고 했을 테지만, 그땐 사람들의 동정 어린 시선이 창피하게 느껴질 뿐이었다.

내 형편도 마음도 여유가 없다는 걸 한 번에 간파당한 것 같아서 더욱 그렇게 느껴졌다. 요양보호사 선생님도 계셨고, 주말에는 시누이들이 도와주어 친정에도 갈 수 있었고, 정기적으로 오는 방문 간호사님도 있었지만, 자세하고 시시콜콜한 이야기까지 남들에게 말하고 싶지 않았다. 말해도 결국 누군가의 입에 오르내릴 하나의 가십거리가 될 뿐이라 생각했다. 나는 직면한 현실을 회피하지 않고 마주하려고 애썼다. 시어머님께 최선을 다했기에 돌아가셨을 때도 후회는 없었다. 다만, 고단했던 시어머님의 삶이 안타까워 다음 생에는 아프시지 말라고 간절히 속으로 빌었을 뿐이었다.

나는 가끔 시어머님을 떠올리며 북어 보푸라기를 만든다.
그것이 시어머님을 추억하는 나만의 추모 방식이다.

북어 보푸라기 `1인분`

재료

북어채 1줌(약 20g), 간장 1큰술(15mL), 설탕 1큰술(12g), 참기름 1큰술 (15mL), 깨소금 1큰술(5g)

조리 순서

1   북어채 1줌을 2~3㎝ 길이로 자른 뒤 믹서기에 넣어 1~2초씩 짧게 여러 번 갈아준다.

2   곱게 잘 갈린 북어를 체에 한 번 걸러서 남은 가시나 굵은 조각을 제거한다.

3   간장 1큰술, 설탕 1큰술, 참기름 1큰술, 깨소금 1큰술을 넣어 양념을 준비한다.

4   걸러 낸 북어 보푸라기를 큰 볼에 담고 준비한 양념을 넣어 골고루 섞는다.

*

TIP   믹서기에 오래 돌리면 북어가 너무 가늘게 부서지니 짧게 여러 번 나눠 갈아준다.

TIP   따뜻한 흰죽과 같이 먹으면 식감도 더 부드러워지고 감칠맛도 살아난다.

TIP   밥에 넣어 손으로 조물조물 뭉치면 북어 보푸라기 주먹밥으로도 먹을 수 있다.

의리의 산물

굴비 감자찜

"화장실을 갔는데, 소변이 안 나온다. 안 나와."

시아버님께서 방문을 열고 들어오시더니 남편에게 털어놓으셨다. 사실은 낮부터 소변이 전혀 나오지 않았다는 것이다. 더는 참기 힘드셨는지 남편에게 말씀하신 모양이다. 온종일 마음 졸이셨을 아버님을 생각하니 마음이 급해졌다. 남편은 곧장 시아버님을 모시고 근처 대학병원 응급실로 향했다.

응급실에서는 급한 조치만 한 뒤 나중에 외래에서 정밀 검사를 받아야 한다고 했다. 그리고 얼마 지나지 않아 전립선암이라는 진단이 나왔다. 피딱지와 암세포가 소변 통로를 막아서 소변이 제대로 나오지 못했다. 불행은 정말 한꺼번에 몰려왔다. 놀랍게도 매일 더 큰 불행이 생겨, 어제의 불행은 아무것도 아닌 게 되었다.

시아버님은 수년 전 위암 완치 판정을 받으셨기에 우리 가족은 암이 재발하리라고는 생각지도 못했다. 그래서 충격이 더 컸다. 시아버님도 많이 놀라셨는지 어린아이처럼 엉엉 우셨다. 전립선암 선고 후에 우리가 가장 먼저 신경을 쓴 것은 바로 아버님의 식사였다. 전립선에 좋다는 토마토는 주스로 만들어 드렸고, 소화와 중화작용에 좋다는 숭늉을 상비군처럼 매일 준비했다. 토마토 주스는 한 번에 왕창 만든 뒤 냉장고에 보관하며 아침저녁으로 챙겨 드렸고, 숭늉은 매일 정성껏 끓였다. 우리는 숭늉을 밥물이라고 불렀다. 매 끼니마다 새 밥을 짓는 덕분에 우리 집은 찬밥이 많이 남았다. 사실 찬밥이라고 하기에는 조금 모호했다. 대부분 다른 집은 한 번 지은 밥을 며칠 동안 밥솥에 두고 먹지만, 우리는 아침이든 점심이든 매번 새 밥을 짓기 때문에 갓 지은 밥도 금세 찬밥이 된다. 어쨌거나 나는 남은 밥을 누룽지처럼 눌러서 끓이거나, 그대로 끓는 물에 넣어서 뭉근하게 끓여 냈다. 그러면 뽀얗고 하얀 밥물이 완성된다. 이걸 작은 냄비에 넣어 두고 수시로 끓여 드렸고 하루만 지나도 금방 상하는 밥물을 나는 매일 새로 끓였다. 방사선 치료를 받기 위해서는 체력이 뒷받침돼야 했기에 특히 단백질 섭취에 신경 썼다. 생선을 굽거나, 두부를 찌고, 고기를 조금씩 구워드렸다. 환자용 균형 영양음료도 꾸준히 챙겨드렸다.

그런데도 치료를 하면 할수록 입맛이 통 없으신지 아버님
은 종종 식사를 거르셨다. 그럴 때면 아버님이 유난히 좋아
하시는 굴비 감자찜을 해 드렸다. 생선의 단백질로 영양을
챙기면서 간간한 굴비살로 입맛도 돌아나게 했다. 여기에 고
소한 감자를 더해 맛과 영양의 조화를 맞추었다.

아버님의 식사를 열심히 챙기면서 한편으로는 내가 이 생
활을 얼마나 버틸 수 있을까 생각했다. 전부 포기하고 친정
으로 가 버릴까 생각도 했다. 몸이 힘든 것은 얼마든지 견딜
수 있었지만, 마음이 힘들 땐 견딜 힘조차 없었다. 걱정과 분
노가 뒤섞여 마음속에서 소용돌이칠 때면, 집안이 너무 답답
하게 느껴졌다. 그런 날은 밤에 잠도 오지 않아 애들을 재운
뒤 집 밖으로 나갔다. 가 봐야 동네 편의점에서 음료 하나 사
먹고 오는 게 전부였지만 그렇게라도 하지 않으면 속이 터져
나갈 것 같았다. 때로는 남편과 함께 나가 화나고 짜증 나는
이런저런 이야기들을 털어놓았다. 해결 방법도 없이 보이지
않는 미래를 이야기하는 그런 의미 없는 시간을 보내다 보면,
이 모든 상황을 감당하고 있는 남편이 안쓰럽게 느껴졌다.
유복한 환경에서 자란 남편은 외아들로 태어나 집안을 책임
져야 한다는 부담에 늘 힘들었다고 했다. 지금 겪고 있는 이
일들도 잘해 보려던 마음에서 벌어진 일이다. 그것을 누구보

다도 잘 알기에 그를 혼자 내버려 둘 수가 없어서 그 생활을 함께 견뎠는지도 모른다. 그리고 그 생활을 버틴 것은 남편과의 의리이기도 했지만 또 시아버님과의 의리 때문이기도 했다.

마흔에 어렵게 얻은 아들에게 깊은 애정을 쏟으셨던 시아버님은 며느리인 나도 자식처럼 대해 주셨는데, 특히 큰아이를 유난히 사랑하셨다. 요즘은 아들딸 가리지 않는 시대지만, 당시 아버님은 첫아이가 아들이라는 이유로 어찌나 기뻐하셨던지 아직도 그 모습이 생생하다. 시아버님은 유머가 넘치고 재치 있는 분이셨고 우리 가족 모두 그 유머를 좋아했다. 시아버님은 본인만의 방식으로 나를 생각해 주셨다. 고무장갑 회사의 이름이 내 이름과 같다며 상표 부분을 오려서 내 책상 위에 두시기도 했고, 차를 타고 지나가다 간판이나 건물에 내 이름이 보이면 "여기도 명진이 있네" 하셨다. 또 내게 『리진』이라는 소설책을 빌려 가신 적이 있는데, 돌려주실 때 책등을 자세히 보니 '리'와 '진' 글자 사이에 '명'을 작게 적어 내 이름이 나오도록 하셨다. 그것이 시아버님께서 나에게 보여 준 특별한 애정 표현이라는 걸 잘 알고 있었다.

시아버님은 깨끗하고 정갈하며 맛있는 음식에 진심이셨

다. 외식도 좋아하셨지만, 집에서 직접 만드는 제철 음식을 참 좋아하셨다. 향과 맛에 민감하셨던 시아버님의 식성을 맞추는 일은 여간 어려운 일이 아니었다. 그래서 나는 늘 반찬이 겹치지 않으면서도 영양가 있는 식단을 고민했다. 아버님은 이런 내 고민을 아셨는지 점심은 나가서 먹거나 배달음식으로 간단하게 먹자고 말해주셨다. 그런 배려를 잘 느끼고 있었기에 시아버님과의 관계는 더욱 돈독해졌고 그럴수록 나는 진심을 다해 식사를 준비했다. 매일 준비하던 식사는 아버님과 남편 그리고 나로 이어지는 의리의 산물인 셈이었다.

굴비 감자찜 `1인분`

재료

손질된 굴비 1마리, 감자 1개, 양파 ¼개, 파채 한 줌(약 20g), 들기름 1큰
술(15mL), 물 2큰술(30mL), 고춧가루 1작은술(2g)

조리순서

1   감자 1개를 깨끗이 씻어 껍질을 벗기고 단면이 납작하게 나오도
     록 가로 1cm 두께로 자른다.

2   냄비 바닥에 감자를 깔고 그 위에 손질된 굴비 1마리를 올린다.

3   굴비 위에 양파 ¼개, 파채 한 줌을 올린다.

4   그 위로 고춧가루 1작은술, 물 2큰술, 들기름 1큰술을 두른다.

5   냄비 뚜껑을 덮고 중약불에서 10~15분간 끓인다.

6   감자와 굴비살이 부드럽게 익으면 완성이다.

KFC에서 울다

치킨텐더

어느 늦은 저녁, 남편과 이사 준비를 위해 청소용품을 사러 가는 중이었다. 남편이 "간단하게 뭐 먹을까?" 하고 물었다. 때마침 남편이 좋아하는 KFC가 보여 우리는 그곳으로 향했다. 치킨을 주문하고 자리에 앉아 식사를 하고 있는데 한 노부부가 들어왔다. 거동이 불편하신 할아버지를 야리야리한 할머니가 부축하며 가게로 들어오시는데 할아버지의 몸이 위태롭게 흔들렸다. 어렵사리 할아버지를 자리에 앉힌 할머니는 키오스크로 주문하러 가셨다.

그런데 잠시 후 앉아 계셨던 할아버지가 갑자기 벌떡 일어나 직원 전용 창고에 들어가시더니 직원에게 제지를 당하고 다시 자리로 돌아오셨다. 그 순간부터 나는 자꾸만 할아버지에게 시선이 갔다. 남편과 대화를 나누는 사이 할아버지는 낯선 공간이 불편했던 듯 주변을 두리번두리번하시다가 밖으로 나가셨다. 놀란 나는 할머니께 달려가 그 사실을 말씀드렸고, 할머니와 함께 할아버지를 찾아 나섰다.

우리는 단번에 상황을 알 수 있었다. 시어머님께서 오랜 시간 치매로 고생하시다 돌아가셨기에, 치매 환자의 가족으로 살아온 우리는 할아버지를 처음 본 순간부터 직감이 왔다. 낯설고 당황한 듯 한 초점 없는 눈동자…, 익숙한 모습이었다. 할아버지를 찾아 모시고 돌아오는 동안 할머니는 연신 고맙다고 하셨다. 그 말을 들으며 나는 주문하신 포장을 대신 받아오겠다고 답했다. 그동안 할머니는 할아버지 옆을 지키셨다. 포장된 치킨을 건네며 우리는 인사를 드렸고, 지팡이도 잊지 않고 챙겨드렸다. 할머니는 할아버지 팔을 꼭 잡은 채 우리에게 거듭 고맙다며 인사를 건네셨고, 우리도 자리에서 일어나 고개 숙여 인사드렸다. 가게를 나서며 남편은 나직하게 말했다.

"저 상황을 너무 잘 알 것 같아."

누군가 옆에 지키고 있지 않으면 안 되는 상황과 예전 모습을 기억하기에 더 화가 나고 지쳐 있을 가족들을 남편은 잘 알고 있었다. 그러더니 남편이 울먹이듯 말을 이어갔다.

"저런 상황이면, 어떻게든 오래 살라는 말은 차마 못 하겠더라."

"오래 살라는 말 못 하지⋯."

그 말을 되뇌다가 나도 결국 엉엉 울고 말았다. 그 말을 해야
하는 자식, 그 말을 듣는 부모, 치매 환자 가족의 현실은 너무
가혹하고 슬프다. 우리는 누구보다 그 상황을 잘 알고 있다.

시어머님께서는 한국화를 전공하셨고, 유명한 화백의 애
제자로 전시회를 열 만큼 실력이 출중하셨다고 했다. 아이들
옷도 손수 만들어 입히셨고, 집안 인테리어도 직접 하셨다.
한옥 마당에 타일을 깔아 작은 연못도 만들어 가꾸셨다고 했
다. 음식 솜씨도 워낙 뛰어나 못 하는 음식이 없었다고 한다.
그땐 아이들이 영양실조에 걸리던 시절이라 소화를 못 시키
면 튀겨서라도 먹이셨다. 튀긴 음식이 낯설었던 시절이었음
에도 돈가스, 핫도그 심지어 닭튀김까지 직접 만들어 내셨다.
그런 어머니는 자식들을 키워 유학 보내고 시집 장가까지 다
보낸 후 한참 노년을 즐길 나이에 치매에 걸리셨다.

깔끔하고 온화한 성품이셨던 어머님의 예전 모습은 온데
간데없이 툭하면 열린 문으로 집을 나가셨다. 우리는 중문을
설치하고 안쪽에서 열지 못하도록 도어락을 달았다. 인지 능
력을 잃으신 어머님은 비누를 씹어 드시고 로션 통을 빨대처

럼 빨아 드셨다. 각성 상태였기 때문에 약 없이는 제대로 잠들지도 못하셨다. 때때로 이유 없이 화를 내기도 하고 앉았다 일어나기를 반복하거나 한밤중에 집안 곳곳을 돌아다니셨다. 인지 능력 문제는 점점 커졌다. 처음에는 말은 알아들을 수는 있지만 상황과 맞지 않은 이야기를 하시더니, 시간이 지날수록 알아듣기 힘든 소리를 반복하셨다.

그러던 어느 날 어머니는 갑자기 걷지 못하게 되셨다. 걷지 못하는 치매 환자를 모시고 병원에 가서 검사 받는 일은 말로 다 표현할 수 없는 시간이었다. 겪어 보지 못한 사람은 상상조차 할 수 없는 일이다. 구급차를 타고 응급실로 가서 어머님의 현재 상태를 설명했다. 정밀 검사를 위해 CT를 찍으려고 했지만 갑작스러운 환경 변화에 돌발 행동이 우려되어 결국 뼈 스캔만 간신히 할 수 있었다. 의사 선생님은 이유를 특정하긴 어렵지만 뼈에 금이 갔다고 했다. 골다공증이 심해 뼈가 마치 쿠키 같은 상태라 기침하다가 금이 갈 수도 있다며, 휠체어에라도 앉아서 재활하지 않으면 근육이 다 빠져서 걷지 못하게 될 거라고 의사 선생님은 말했다.

우리는 어머니의 근육이 더는 빠져나가지 않도록 식사 때만이라도 앉아서 드실 수 있도록 휠체어에 앉혀 드리려 노력했다. 다리에 힘을 줄 수 없는 어머니를 휠체어에 옮겨 앉히

는 일은 중노동이었다. 그런데도 결국 휠체어에 앉지도 못하
는 날이 오게 되었고, 그렇게 어머니는 누워만 계시다가 세
상을 떠나셨다. 남편은 그런 엄마를 보며 늘 말하곤 했다.

"이건 엄마가 원했던 삶이 아니야!"

여기가 어딘지 모르는 당황한 표정, 일그러진 얼굴, 불안
한 눈동자는 내가 기억하는 어머니의 모습이었다.

치킨 나이트라며 KFC에서 1+1 치킨을 주문하고 신났던
우리는 노부부를 마주한 뒤 눈물을 훔쳤다. 치매로 고생하시
다가 돌아가신 어머님이 떠올랐고, 치매 환자를 돌보았던 우
리 부부의 지난날이 떠올랐다.

치킨텐더 [1인분]

재료

닭안심 150g, 빵가루 1컵(100g), 밀가루 ½컵 (50g), 우유 100mL, 맛술
1큰술(15mL), 간장 1큰술(15mL), 후춧가루 한 꼬집, 달걀 1개, 식용유

조리순서

1   닭안심 150g을 우유 100mL에 담가 20분간 재운다.

2   맛술 1큰술, 간장 1큰술, 후춧가루 한 꼬집을 섞어 양념을 만든다.

3   닭안심을 고기 망치(또는 칼등)로 얇게 두드려 펴고, 준비한 양념
    에 고기를 버무려 10분간 재운다.

4   쟁반에 빵가루를 뿌리고, 다른 그릇에 달걀 1개를 풀어 달걀물을
    준비한다.

5   안심을 밀가루 → 달걀물 → 빵가루 순서로 묻혀 반죽을 입힌다.

6   반죽한 안심을 180도로 예열한 기름에 넣어 표면이 옅은 갈색이
    될 정도로 노릇하게 튀겨 준다.

*
TIP   기름이 부담스럽다면 오븐에서 180도, 10~12분 구워도 OK!

그 집 며느리는 만두 배우기 전에 시집갔나 보죠

애호박만두

어느 날 좋아하던 을지로 평양냉면집에 다녀오신 아버님께서 말씀하셨다.

"거기는 다 좋은데 만두 맛이 본점이랑은 달라."

의정부 본점이 훨씬 맛있다는 말씀이다. 내가 듣기로는 평양냉면으로 유명한 그 의정부 맛집은 주인 아주머니의 솜씨를 딸이 물려받아 결혼 후 을지로에 분점을 냈다고 한다. 그런데 아버님은 유독 만두만은 본점의 맛을 못 따라간다는 것이다. 그 이야기를 듣고는 남편이 말했다.

"그 집 며느리는 만두 배우기 전에 시집갔나 보죠."

아버님은 갑자기 유레카를 외치듯 무릎을 손으로 치시더니 찡긋 웃으셨다. 그 이야기를 들으면서 한 번도 본 적 없는 냉면집 며느리에게 마음이 갔다. 아마도 만두 배우기 전에 시집을 왔다는 공통점 때문이거나, 나 역시 만두집만큼 대용량의 만두를 만들기 때문에 동병상련의 마음이었을지도 모르겠다.

아버님께서 만두를 무척 좋아하셨기에 우리도 만두집 부럽지 않게 자주 요리해 먹었다. 만두가 그렇게 손이 많이 가는 음식이고, 집에서도 이렇게 자주 만들어 먹을 수 있는 음식이라는 사실을 결혼하고 나서야 처음 알았다.

시댁의 만두는 여러 가지 버전이 있다.
우리가 가장 즐겨 먹는 고기만두.
고기 만두소에 김치를 잘게 다져 넣은 김치만두.
여름에 자주 찾는 애호박만두.
튀긴 음식이 먹고 싶을 때 먹는 군만두.
만두피가 부담스러울 때 먹는 굴림 만두.

시부모님과 함께 살기 전까지 만두는 떡국에만 넣어 먹는 음식이라고 생각했다. 그러나 만두는 출출할 때 쪄서 간식처럼 먹기도 하고, 야식으로 튀겨 먹기도 하고, 간단하게 점심으로 때울 땐 만둣국으로도 즐기는 만능 요리재료였다. 만두는 만드는 과정에서 손이 많이 가기 때문에 한 번 만들 때 많이 만들게 된다. 보통 한 번에 200개쯤 만드는데, 만들면서 먹는 양이 상당해서 실제로 냉동 보관하는 양은 절반 남짓이다. 금방 빚은 만두를 끓는 물에 데쳐 먹으면 그 맛이 기가 막힌다. 내가 제일 좋아하는 만두는 고기만두이지만 여름에는 애호박만두가 최고다. 단맛이 오른 제철 호박으로 만든 애호박만두는 단연코 여름의 대표 별미라고 할 수 있다.

갓 쪄낸 애호박만두를 한 입 베어 먹으면, 입안 가득 터지는 육즙과 설컹설컹한 호박 식감이 한데 어우러져 달큼하고 향긋한 맛을 낸다. 만두소 특유의 돼지고기 냄새와 약간 질퍽한 식감은 씹히면서 호박의 부드러운 즙이 고루 퍼져 자연스럽게 중화된다. 그렇게 어느새 만두 하나가 사라져 버린다. 결혼 후에 배운 만두이지만 어느 순간 나는 만두의 달인이 되어 있었다. 며느리표 만두를 배부르게 드신 아버님은 늘 이렇게 말씀하셨다.

"이제 그만이야. 더는 못 먹겠어."

그러면 나는 하나라도 더 드시게 하려고 말했다.

"아버님. 그거 고만 아니에요. 호박만두예요. 그러니까 한 개 더 드셔요."

우리는 고기만두를 줄여서 고만, 김치만두를 줄여서 김만이라고 했다.

만드는 재미와 방금 쪄서 바로 먹는 재미. 그리고 그 사이사이를 채우는 농담들로 마음이 달래지는 애호박만두였다.

애호박만두 4인분

재료
만두피 약 30장, 다진 돼지고기 300g, 숙주 200g, 다진마늘 1큰술(20g) 후추 한 꼬집, 맛술 1큰술(15mL), 진간장 2큰술(30mL), 참기름 2큰술 (30mL), 굵은 소금 1큰술(13g), 애호박 2개, 양파 1개, 표고버섯 4개, 두부 ½모

조리순서

1   다진 돼지고기에 맛술 1큰술, 다진 마늘 1큰술, 후추 한 꼬집을 넣어 양념한 뒤 재운다

2   애호박은 얇고 길게 채 썰어 굵은 소금 1큰술과 함께 10분간 절인다.

3   두부는 면 보자기에 싸서 꾹꾹 눌러 물기를 최대한 제거한다.

4   양파, 표고버섯을 잘게 다진다.

5   절인 애호박도 면 보자기에 넣고 물기를 제거한다.

6   다진 돼지고기, 물기를 제거한 두부와 애호박, 다진 채소를 볼에 넣는다.

7   진간장 2큰술, 참기름 2큰술을 넣고 고루 섞어 만두소를 만든다.

8   만두피에 소를 작은 한 숟가락씩 넣고 가장자리를 접어 빚는다.

*
TIP   빚은 만두는 쟁반에 낱개로 펼쳐 냉동 보관하면 서로 달라붙지 않고 잘 떨어져 요리할 때 꺼내 쓰기 편하다.

차갑거나 뜨겁거나 결국은 마음가짐

냉메밀국수

메밀국수는 여름이면 시댁에서 즐겨 먹던 음식 중 하나이다. 메밀국수는 만들기 쉬운 요리이다. 단, 메밀 장국이 있다는 전제하에 말이다. 내가 결혼했을 때만 해도 시판하는 장국이 없어서 일본에서 수입하는 간장으로 만들었다. 일반 간장에 가다랑어포를 넣고 달인 간장쯔유 이 장국 육수가 된다는 걸 그때 처음 알았다.

계속 말하지만 메밀국수는 간장만 있으면 간단히 만들 수 있는 음식이다. 특히 여름에는 시원하기가 이것만 한 음식이 없는데, 냉면과는 또 다른 느낌을 준다. 메밀 장국은 여름에 시원하게 먹는 음식으로 알고 있었는데 결혼 후에 온메밀이 있다는 것을 알게 되었다. 온메밀은 따뜻한 장국에 삶은 메밀 면을 넣어 먹는 마치 우동 같은 메밀국수다. 하지만 우동 국물과는 다른 묵직한 육수의 맛이 느껴진다. 따뜻한 메밀국수 위에 얇게 썬 가다랑어포를 올리면 가다랑어포가 펄럭펄럭 날갯짓하다 이내 국물에 스며든다. 국물에 스며든 가다랑어포의 날갯짓이 짭조름하게 느껴진다.

이상하게 같은 요리인데도 따뜻하게 먹느냐 차갑게 먹느냐에 따라서 그 맛이나 분위기가 전혀 다르게 느껴진다. 따뜻하게 먹을 때는 국물에 집중하게 되고, 차갑게 먹을 때는 메밀 면에 집중하게 된다. 생각이라는 것도 온도가 다른 메밀국수와 비슷하다고 느껴졌다.

왜 그런 선택을 했는지 지금도 이해가 가지 않지만, 결혼하고 바로 시댁에 들어가서 살았다. 남편이 외아들이기도 했고 시부모님이 편찮으셨다는 것도 이유였지만, 대가족에서 살았던 나는 북적북적 사람 많은 집이 좋았다. 우리 집처럼 시댁도 비슷할 거라 생각했던 것 같다. 그러나 결혼은 내 예상과는 전혀 달랐다. 내가 자란 우리 집과 모든 것이 다른 시댁 문화에 내가 맞춰야 한다는 사실을 미처 몰랐었다.

그중 식문화에 적응하는 것이 가장 힘들었다. 시댁은 식사 시간마다 밥과 반찬을 매번 새로 만들어 먹었다. 그뿐 아니라 점심과 저녁 사이에 가지는 간식 시간도 있었다. 냉장고에서 꺼낼 수 있는 유일한 반찬은 김치뿐이었다. 한 번에 많은 양의 밥과 국을 끓여 놓고 며칠씩 먹던 친정과는 완전히 반대였다. 물론 갓 지은 밥과 바로 만들어 먹는 반찬이 제일 맛있기는 하지만, 매 끼니를 그렇게 한다는 것은 엄청난 에너지가 필요했다. 아무리 먹는 것을 좋아하는 나라고 해도 식사 준비에 이리도 정성을 들인다는 것이 이해되지 않았고 적응하기가 매우 힘들었다. 비능률적이고 낭비처럼 느껴졌다.

그러다 문득 시부모님께서 살아오신 인생을 생각해 보았다. 시부모님은 일제 강점기와 한국 전쟁을 겪었던 분들이셨고, 그런 상황 속에서 아이들이 영양실조에 걸릴까 늘 노심초사하셨다. 본능적으로도 먹는 일에 집중하셨을 거라 생각되었다. 그렇게 생각하고 보니 그 마음이 이해가 되었고 어느새 내가 먼저 삼시 세끼 다르게 음식을 만들고 있었다. 때로는 나만의 요리법을 더하기도 하고 제철 식재료를 곁들여 절기에 맞춰 요리를 하고 있는 내 모습이 있었다. 현실은 달라진 게 아무것도 없는데 내가 어떻게 생각하느냐에 따라 나의 행동이 완전히 달라졌다. 냉메밀과 온메밀처럼 같은 메밀국수인데 차갑게 먹느냐 뜨겁게 먹느냐에 따라 완전히 다른 맛을 느끼는 것처럼 말이다.

시댁 요리는 내 상식을 깨는 요리가 많았다. 가장 신기한 요리는 토마토를 넣은 된장 아욱국이었다. 자칫 텁텁할 수 있는 된장국의 맛에 토마토를 넣으니 새콤한 듯 산뜻해졌다. 또 친정에서는 늘 묵직한 집된장으로 된장찌개를 끓였는데, 시댁에서는 맛의 깊이가 얕아 국으로만 요리하는 미소 된장으로 진한 된장찌개를 만들었다. 내가 이미 그 재료의 맛을 알고 있음에도 어떻게 조합하느냐에 따라 그 맛과 깊이 달라졌다. 시댁 생활도 그랬다. 친정과는 너무 다른 시댁 문화가 낯설고 이해할 수 없었다. 그러나 내가 이해할 수 없다고 해서 지금 처한 상황이 바뀌는 건 아니다. 누가 옳고 그른지를 따지는 무의미한 생각들을 접고 오롯이 나 자신에게 집중하자 새로운 길이 펼쳐졌다. 감정에 휩쓸리기보단 지금 이 상황 속에서 내가 할 수 있는 일들만 생각했다. 그러자 비로소 새로운 방향이 보이기 시작했다. 마치 차가운 메밀국수만 알고 있던 내가 따뜻한 메밀국수의 맛을 알게된 것처럼 말이다. 익숙한 재료에서 다른 매력의 맛을 만나는 순간이었다.

냉메밀국수 1인분

재료

메밀 면 100g, 가쓰오부시 한 줌(약 5g), 진간장 2컵(400mL), 맛술 ½컵(100mL), 설탕 5큰술(60g), 다시마 1조각(5×5cm), 무 ¼개, 다진 쪽파, 고추냉이

조리순서

1   끓는 물 1L에 진간장 2컵, 맛술 ½컵, 설탕 5큰술, 다시마 1조각, 가쓰오부시 한 줌을 넣고 끓인 뒤 식을 때까지 기다린다.

2   이때 간장에서 우려낸 가쓰오부시 가루를 체로 걸러 낸다.

3   끓는 물에 메밀 면 100g을 넣고 약 5분간 삶는다.

4   삶은 면을 찬물에 헹구고 전분을 털어낸 뒤 얼음을 올린 접시 위에 올려 차갑게 식힌다.

5   무를 강판에 갈아 즙을 짜낸 뒤 작게 뭉친다.

6   식힌 간장에 물을 1:1 비율(100mL+100mL)로 섞어 장국을 만든다.

7   장국에 무즙, 다진 쪽파, 고추냉이를 기호에 따라 넣어 메밀 면을 찍어 먹는다.

*
TIP   가다랑어포가 없다면 멸치로 대체해도 좋다.

오늘의 식탁을 특별하게 차려 보고 싶다면

새우 스테이크

시댁에는 제철마다, 기념일마다 직접 요리해 먹는 음식이 다양하게 있다. 탕국, 갈비찜, 수육, 만두, 송편 같이 손이 많이 가는 명절 음식은 물론이고 돈가스, 파스타, 탕수육, 오징어 튀김, 부추 튀김, 초밥, 회덮밥처럼 집에서 하기 어려운 음식들도 많았다. 어린 시절 할머니 손에 컸던 나는 돈가스, 파스타, 치킨 같은 음식을 직접 요리해 먹는 건 상상도 못 했다. 그중 가장 화려한 만찬은 크리스마스 메뉴이다. 크리스마스가 큰 행사가 아니었던 친정에서는 케이크나 피자 같은 음식을 다 같이 나눠 먹으며 조용히 보냈는데, 시댁은 크리스마스를 가장 중요하게 생각했다.

시댁만의 음식 중에 내가 제일 좋아하는 메뉴는 새우 스테이크였다. 요즘 말하는 '있어빌리티'의 정석인 음식이다. 간단하면서도 고급스럽게 보여서 집들이 음식으로도 추천할 만하다. '있어빌리티'는 '있다(有)'와 '어빌리티(ability)'를 결합한 자신을 더 있어 보이게 연출하는 능력을 말한다.

새우 스테이크는 새우를 팬에 구워서 콩나물, 버섯과 함께 볶는 요리인데 시어머님의 대표 요리 중 하나이다. 따로 붙일 이름이 없어, 고기가 들어 있지 않지만 고기맛과 분위기가 느껴지는 '새우 스테이크'라 불렀다. 이 요리는 취향에 맞게 들어갈 재료들을 조절하면 되는데, 콩나물 대신 여러 가지 버섯을 넣어도 좋고, 콩나물을 아예 빼도 좋다. 감바스 알아히요의 기분을 내고 싶으면 방울토마토와 마늘을 듬뿍 넣어도 좋다. 만약 파스타 면을 삶아서 넣는다면 새우 스테이크 파스타가 된다. 마늘을 싫어하는 아이들을 위해 나는 마늘은 빼고 팽이버섯을 듬뿍 넣은 뒤 바싹 졸여서 만든다. 그날도 나는 새우 스테이크 요리를 하면서 아이들에게 말했다.

"얘들아! 이거 친할머니께서 생일이나 크리스마스에 아빠한테 해 주시던 음식이래. 다른 나라 소스나 음식을 섞어서 새로운 요리로 만들어 낸 걸 퓨전음식이라고 하는데, 할머니는 그런 걸 참 잘하셨던 것 같아. 오늘은 할머니 생각하면서 맛있게 먹자."

그러다 문득 내가 시댁에서 배운 요리를 아이들이 이어받아 요리하면 좋겠다는 생각이 들었다. 만약 아이들이 나중에 이 요리를 이어받는다면, 기본 베이스에 좋아하는 재료를 넣

어 의미 있는 그들만의 이름을 붙였으면 좋겠다. 대대로 내
려오는 우리 가족만의 요리가 있다는 것에서 우리 가족만의
정체성을 느낄 수 있지 않을까.

결혼 후 처음에는 시댁만의 식사 문화가 참 낯설었다. 절
기마다, 특별한 날마다 혹은 손님을 초대할 때마다 만들어
내놓는 요리가 정말 다양했다.

놀라우면서도 적응하기 힘들었던 시간이었지만 가족들과
함께 요리를 하다 보니 시댁만의 식사 문화에 점점 빠져들었
고 지금은 누구보다 내가 제일 진심이 되었다. 이것 또한 우
리 가족만의 고유한 문화라는 생각이 들었다. 이 문화가 다
음 세대에 전해져 추억과 전통으로 이어지기를 바랐다. 중요
한 날에는 우리 집만의 식사 문화도 소개하고, 힘든 날에는
서로를 위로하는 요리를 하거나, 명절에는 반가운 마음으로
명절 요리를 하며… '엄마가 종종 만들어 줬지' 하고 추억하
는 마음으로 먹었으면 좋겠다.

새우 스테이크 1인분

재료
생새우 5마리, 콩나물 약 100g (한 줌), 팽이버섯 약 100g (반 봉지), 버터 1조각 (14g), 마요네즈 3큰술 (45g), 간장 1큰술 (15mL), 설탕 1큰술 (12g), 양파 ½개, 마늘 4~5쪽, 소금 한 꼬집, 후추 한 꼬집

조리순서
1   생새우는 껍질을 벗기고 등에 칼집을 내어 내장을 제거한 후 물기를 닦는다.
2   양파는 잘게 다지고 마늘은 편으로 썬다.
3   콩나물은 씻은 후 살짝 데쳐 물기를 빼둔다.
4   팽이버섯은 밑동을 자르고 가닥가닥 나눈다.
5   볼에 마요네즈 3큰술, 간장 1큰술, 설탕 1큰술, 잘게 다진 양파를 넣고 잘 섞는다.
6   달궈진 팬에 버터 1조각을 두른다.
7   새우에 소금, 후추 한 꼬집을 넣고 팬에 올려 앞뒤로 뒤집어 가며 3분간 노릇하게 굽는다.
8   같은 팬 한쪽에 팽이버섯을 넣고 2~3분간 볶는다.
9   준비한 양념과 마늘을 넣고 재료들이 익을 때까지 중불에 볶는다.
10 구운 새우와 팽이버섯 위에 데친 콩나물을 얹어 살짝 섞는다.
11 그릇에 콩나물과 버섯을 올리고 그 위로 구운 새우를 얹는다.

오랜만에 오셨네요
평양냉면

시아버님은 평양냉면을 좋아하셨다. 젊은 시절 종로에서 사업을 오랫동안 하셨던 시아버님은 그쪽 일대에는 모르는 곳이 없으셨다. 친구들과 만나실 때면 늘 을지로에 있는 유명한 노포인 평양 냉면집에서 만나셨다. 의정부가 본점이고, 을지로가 분점인 곳이다. 시아버님은 그 집의 평양 비빔냉면과 수육을 좋아하셨다.

처음 평양냉면을 먹어본 사람이라면 알 것이다. 이 밍밍하고, 슴슴한 면을 왜 먹는지 알 수가 없다. 나도 처음 먹었을 때, 냉면에 물 탄 것 같은 맛에 놀라 간장과 식초를 넣었더랬다. 간장과 식초를 넣으니 맛이 더 혼란스러웠다. 그러나 밍밍한 고비를 넘긴다면 진하고 시원한 고기 육수와 담백한 메밀면의 조화에 빠져들게 된다. 점차로 그 미묘한 맛이 익숙해져, 일반 냉면이 자극적으로 느껴질 것이다. 그래서 평양냉면을 어른의 맛이라고 하는지도 모르겠다. 아버님은 특히 그 집의 평양 비빔냉면을 좋아하셨다. 평양 비빔냉면은 우리가 알고 있는 함흥 비빔냉면과는 맛이 다르다. 함흥냉면이 더 맵고, 더 달고, 더 새콤하다. 평양 비빔냉면도 평양 물냉면처럼 덜 자극적이다. 그리고 면발이 얇아서 면을 비볐을 때 후루룩 잘 넘어간다.

일산으로 이사를 왔을 때 자주 먹던 을지로 평양냉면과 멀어져서 아쉬웠더랬다. 어느 날, 친구 추천으로 새 동네에도 맛있는 평양냉면집이 있다는 사실을 알게 되었다. 북한 출신 요리장이 조리하는데 TV에도 자주 나올 만큼 유명한 곳이라고 했다. 나는 시아버님을 모시고 새 냉면집을 찾았다. 들어가자마자 맛집의 면모가 풍겼다. 외관은 허름하지만 깔끔한 실내 장식과 식기 그리고 무엇보다 놋그릇에 푸짐하게 나오는 냉면은 아우라가 느껴졌다. 면을 한 입 먹고, 육수를 한 모금 마시니 시원하고 진한 고기 육수가 가슴에 짜르르하고 흘러 내려간다.

무엇보다 적당한 굵기의 면발은 나와 남편의 입맛에도 맞았다. 비빔냉면 역시 아버님 입맛에 맞아 보였고 우리는 새로운 평양냉면집의 단골이 되었다. 한겨울에도 한여름에도 일주일에 한 번은 꼭 방문하였더니 아이들도 평양냉면의 매력에 빠졌다. 집에만 계셔 무료하신 아버님은 잘 먹는 손자

들을 보고 흐뭇해하셨다. 자주 가니 자연스럽게 직원들과도
안면을 트게 되었는데, "요즘 같은 세상에 매번 손자들과 함
께하니, 얼마나 좋아요"라며 늘 반갑게 맞아 주셨다. 가게에
들어서면 말하지 않아도 우리가 좋아하는 자리로 안내해주
고 아버님 취향에 맞춰 반찬을 차려 주셨다.

그러던 어느 날 아버님이 돌아가셨다. 전립선암을 앓고 계
셨던 아버님은 3개월에 한 번씩 병원에 입원하셨다. 항암치
료는 몸이 버티지 못해서 중단했고 3개월에 한 번씩 입원해
서 신장 옆에 있는 관을 교체해야 했다. 암세포가 전립선을
막아서 소변을 보기가 어려워 관을 삽입해 소변을 유도하는
시술이었다. 이 시술을 하려면 3일 정도는 입원해야 했는데,
그땐 코로나 시기였기에 입원 전 코로나 검사가 필수였다.
아버님은 폐가 좋지 않아 백신 접종도 못 하셨던 터라 병원
가는 일 외에는 외출도 잘 안 하셨다. 집안 모든 식구가 아버
님의 암 치료에 최선을 다했다.

하지만 허무하게도 아버님은 코로나로 돌아가셨다. 그 어
느 누구도 상상조차 못 했다. 아버님은 평소에도 아프기 시
작하면 끙끙대거나 "아이고 죽겠다." 하면서, 누웠다가 일어
나기를 반복하셨다. 컨디션이 좋지 않을 때마다 자주 보이는

중상이었기에 코로나일 줄은 정말 생각도 못 했다. 아버님은 갑자기 의식을 잃으셨고 우리는 119에 전화해 구급차를 타고 근처 대학병원 응급실로 갔다. 그곳에서 아버님은 코로나 확진을 받았다. 바로 코로나 음압 병동으로 옮겨진 아버님은 2주간 인공호흡기를 끼고 계셨다. 음압 병동에서는 면회를 할 수 없어 오직 모니터로만 아버님을 지켜봐야 했다. 병원에서는 너무 늦게 와서 손쓸 방법이 없다고 했다. 그렇게 우리는 작별인사 한마디 못하고 시아버님과 갑작스러운 이별을 했다.

어머님이 돌아가신 후부터 우리 가족은 아버님 위주로 생활을 했었다. 그랬던 시댁에 아버님마저 돌아가시니 그동안 늘 했던 모든 일들이 의미 없게 느껴졌다. 아버님 없는 세상은 막막했다. 어머님이 돌아가셨을 때와는 또 달랐다. 함께한 시간이 더 많았기에 집안 곳곳에 아버님과의 추억이, 흔적이 남았다. 가슴이 먹먹했다. 황망하다는 말은 이럴 때 하는 말인 것 같았다.

아버님의 장례를 치르고 사십구재도 지낸 뒤 우리 가족은 오랜만에 그 평양냉면을 집을 찾았다. 우리를 알아본 직원이 환하게 웃으며 맞이해 주셨다.

"어머~ 오랜만에 오셨네요. 오늘은 아버님이 같이 안 오셨
네요?"

"그게…… 돌아가셨어요."

"어머머, 어떻게 그렇게 갑자기…. 힘드셨겠어요."

"저희도 아직 믿기지 않아요."

아버님이 좋아하셨던 평양냉면을 비비며 울컥하는 눈물
을 참았다. 얼굴을 찡긋하며 냉면을 드시던 아버님의 얼굴이
눈에 아른거렸다.

평양냉면 1인분

재료

메밀 면 200g, 소고기 양지 300g, 오이 ¼개, 삶은 달걀 ½개

육수 재료

다시마 1장(10×10cm), 무 ¼개, 대파 1대, 양파 1개 , 통후추 10알

육수 양념

국간장 2큰술(30mL), 소금 1작은술(6g)

조리순서

1   물 2L에 소고기, 다시마, 대파, 양파, 통후추를 넣고 끓인다.

2   끓기 시작하면 다시마는 먼저 건져 내고 약불로 1~1시간 30분 정
    도 더 끓인다.

3   끓인 육수는 체에 걸러 식힌 뒤 냉장고에 넣어 차가운 육수로 준비
    한다. 이때 식으면서 생기는 육수의 기름을 걷어 낸다.

4   고기는 결대로 얇게 편으로 썰고 오이는 채 썰어 준비한다.

5   끓는 물에 메밀 면을 3~4분간 삶고 면을 꺼내 찬물에 문질러 씻은
    뒤 얼음물에 행군다.

6   면을 그릇에 담아 차가운 육수를 붓고 편육, 오이, 삶은 달걀 등의
    고명을 예쁘게 얹는다.

*

TIP   동치미 국물을 육수와 함께 섞으면 감칠맛이 더해져서 맛있다.

2장

마음을 달래 주었던 한 입

그녀만으로도 충만했던 날들

양파달걀전

그녀의 이름은 정기옥이었다. 그녀는 내 친할머니이자 가장 친한 친구였고 돌보미였으며 호랑이 선생님이었다. 그녀는 97세의 나이로 내 곁을 떠났다. 건강하게 오래 사시다가 아침에 일어나지 못한 남들이 흔히 말하는 호상이었다. 그러나 평생 그녀 없이 살아본 적이 없던 나는 그녀의 죽음을 받아들이기 어려웠다. 그때까지 누군가 나에게 종교를 물어본다면 나는 한 치의 망설임도 없이 "종교는 없지만 할머니는 믿어요."라고 말하곤 했다. 그녀는 나에게 종교 그 이상이었다. 기옥은 일제 강점기부터 해방, 광복, 한국 전쟁, 유신정권, IMF 등 한국의 근현대사를 온몸으로 겪었다. 유난하고 유별났던 그녀의 성격은 어려운 시절을 지나오면서 더욱 강해졌다. 전쟁으로 남편을 잃고 홀로 아들 셋을 키운 그녀의 삶이 그녀의 성격을 짐작하게 했다.

어릴 적에는 그녀의 직설적이고 강한 성격이 무서웠다. 주말에 조금이라도 늦잠 자면 당장 일어나 씻으라며 빗자루를 들고 왔고, 미처 끝내지 못한 숙제가 있는 날이면 학교로 찾아와 선생님께 손녀의 게으름을 일러바쳤다. 어떤 날은 비가 많이 온다며 우산을 들고 학교로 찾아온 그녀가 한창 수업 중이던 교실 창문을 벌컥 열어 나에게 우산을 건넸고, 나는 창피함에 몸이 그대로 굳어버려 어떤 말도 할 수 없었다. 그러나 분명한 사실은 그것이 그녀가 나를 아끼는 방식이었다는 것이다. 두 아이의 엄마가 된 지금, 이제야 어렴풋이 그녀의 마음을 조금은 알 것 같다. 내 어린 시절은 그녀로 충만했다. 그녀는 바쁜 엄마를 대신해서 나를 먹이고, 재우고, 입히며 최선을 다했다. 도시락도 항상 그녀가 싸주었다. 계란말이, 감자볶음 같은 반찬을 싸주었는데, 항상 같은 메뉴였지만 나는 한 번도 남긴 적이 없었다. 지금 생각해 보니 내 삶은 그녀가 해 준 음식과 늘 함께했다.

그녀에게는 특별한 날에만 만들던 도시락 반찬이 있었는데, 바로 양파달걀전이다. 어릴 때만 먹었고 이후에는 어디서도 먹어본 적이 없는 그녀만의 손맛이 배어 있는 음식이었다. 유치원 소풍이나 사생대회 같은 특별한 날에 먹을 수 있었다. 대부분 김밥을 싸서 가지만, 그때 그녀는 이미 칠순을 넘긴 나이라 김밥을 만들 줄 몰랐다. 그녀 나름의 최선으로 만든 도시락 반찬이 양파달걀전이었다. 양파달걀전은 다진

소고기를 달걀 물에 입혀서 먹는 느낌인데, 양파를 아주 잘
게 많이 다져서 듬뿍 넣었다. 그래서 소고기 완자보다 물이
많고 폭신폭신하며 촉촉하다. 소고기가 폭신하게 느껴진 것
은 양파의 식감과 더불어 손으로 일일이 다진 덕분이기도 했
다. 그녀는 정육점에서 소고기를 갈지 않고, 직접 집에서 손
으로 잘게 다졌다. 아마도 식감을 위해 손으로 다진 게 아닌
가 싶다. 양파달걀전은 매일 먹을 수 없는 반찬이라 특별하
기도 했지만 무엇보다 진짜 맛있었다. 그것 때문에라도 소풍
이나 사생대회가 매일 있었으면 했다. 양파달걀전이 가장 빛
을 발할 때는 소풍 때였다. 엄마가 일하느라 바빠서 소풍에
오지 못할 때마다 그녀가 나의 파트너가 되어 주었다. 그녀
는 준비한 양파달걀전을 가지고 나와 함께 소풍을 갔다. 아
침부터 진동하는 전 냄새에 들뜬 나는 부서진 전 한 조각이라
도 얻어먹으려 바쁜 그녀 옆을 서성거렸다.

  내가 다니던 유치원은 소풍 때 여러 가지 행사가 많았다.
일종의 야외 체육대회 개념이었다. 부모님과 함께 달리기,
동요에 맞춰서 율동하기, 보물찾기도 있었다. 달리기에서 1
등을 하면 선물을 주었다. 그래봤자 쉽게 구할 수 있는 학용
품 세트지만 그때는 왜 그렇게 탐났는지 모르겠다. 선물과는
별개로 그녀는 젊은 엄마들에게 밀리지 않으려 이를 악물고

내 손을 잡고 뛰었다. 어찌나 손을 꽉 잡았는지 한 바퀴를 뛰고 오면 내 손에는 선명한 손톱자국이 남아 있었다. 1등은 못 했어도 그녀의 노력 덕분에 학용품 세트를 받을 수 있었다. 처음 들어본 동요에도 그녀는 나와 함께 음악에 맞춰 링가링가 춤도 추었다. 방향이 이상해서 옆 사람과 부딪히기도 했다. 살풀이인 듯 아닌 듯 율동이 낯설었지만 분명한 건 그녀가 나를 위해 최선을 다했다는 사실이다. 그녀는 보물찾기도 얼마나 잘 찾았는지 모른다. 지금 생각해 보면 할머니와 함께 온 어린 나를 위한 선생님들의 배려가 아니었을까 싶다. 우리가 가는 곳마다 보물찾기 쪽지가 나왔으니 말이다.

그리고 내가 그토록 기다리던 점심시간에는 돗자리를 펴고, 화려한 김밥 도시락 사이에서 양파달걀전과 밥을 꺼냈다. 야외에서 먹는 양파달걀전은 더할 나위 없이 맛있고 훌륭했다. 다소 식어서 방금 막 해서 먹었을 때보다는 맛이 떨어졌지만 간간한 맛이 밥과 아주 잘 어울렸다. 양파달걀전은 무조건 흰쌀밥과 먹어야 한다. 다른 잡곡을 섞으면 잡곡 특유의 식감 때문에 전과 조화롭게 섞이지 못한다. 그녀와 나는 순식간에 도시락을 해치우고 요구르트로 입가심했다. 잘 먹는 나를 보고 그녀가 내 엉덩이를 두드렸다.

그녀가 있어 나의 유년기는 늘 든든했다. 아직도 사진 속에 즐겁게 웃고 있는 그녀와 어린 나의 사진을 보면 양파달걀전의 맛이 생생하게 느껴졌다.

양파달걀전 1인분

재료

다진 소고기 300g, 밀가루 1큰술(8g), 간장 1큰술(15mL), 맛술 1큰술
(15mL), 다진 마늘 1작은술(7g), 양파 ½개, 달걀물(달걀 1개), 식용유

조리순서

1   다진 소고기에 간장 1큰술, 맛술 1큰술, 다진 마늘 1작은술을 넣
고 잘 섞는다.

2   양파를 잘게 다진 후 양념된 고기와 함께 조물조물 치댄다.

3   고기가 잘 뭉치도록 밀가루 1큰술을 흩뿌려 가볍게 섞는다.

4   고기 반죽을 한 숟가락씩 떠서 달걀물에 담가 입힌다.

5   중불로 예열한 팬에 식용유를 두르고 반죽을 올려 숟가락으로 납
작하게 눌러가며 앞뒤로 2~3분간 노릇하게 굽는다.

밥 쬐까 눌러 주리

누룽지 설탕

"밥 쬐까 눌러 주리?"

야심한 시각, 언제나 기옥 씨가 방문을 열고 하던 말이다. '쬐까'는 전라남도 사투리로 조금이라는 뜻이다. 해서 "밥 쬐까 눌러 주리"는 '밥을 조금 눌러서 누룽지로 만들어 주겠다는 말이다. 기옥 씨는 평생 근검절약을 실천해 온 사람이었다. '밥 한 톨이라도 절대로 함부로 버리면 안 된다.'가 그녀의 신념이었다. 그래서 먹고 남은 밥은 버리지 않고 누룽지로 만들어 먹었는데 바싹하게 구워서 먹거나 끓여 먹기도 하고 때로는 누룽지 설탕으로 즐기기도 했다. 누룽지 설탕은 늘 배고파 하는 어린 손녀에게 주는 일종의 간식이자 최선의 간식이었다.

그녀는 신기하게도 나에게 달콤함이 필요한 순간을 귀신같이 알고 누룽지 설탕을 내어 주었다. 학창시절 하교할 때면 오늘 들었던 칭찬이나 친구랑 있었던 재미있는 일을 얼른 집에 가서 식구들에게 말하고 싶어 뛰어가고는 했다. 그러나 밤늦은 시간이 되어서야 우리 가족은 한자리에 모여 만날 수 있었다. 식구가 다 모일 때쯤엔 이미 나는 식사를 했고 입이 심심해질 시간이었다. 그러면 어김없이 기옥은 내게 말했다.

"밥 쬐까 눌러 주리?"

기옥 씨가 만들어 준 누룽지 설탕은 누룽지를 튀기는 것이 아니라 식은 밥으로 누룽지를 눌러서 너무 바삭하지 않게, 약간은 폭신하고 말랑하게 만들어 설탕을 뿌리는 방식이었다. 기옥 씨는 방금 만들어서 따뜻한 누룽지 설탕을 동그란 스테인리스 쟁반에 그득하게 담아 주었다. 그러면 우리 자매들은 누가 먼저랄 것도 없이 누룽지 설탕을 게 눈 감추듯 순식간에 먹어 치웠다. 누룽지 설탕의 맛은 친구 엄마가 해주는 도넛이나 핫케이크 같은 간식하고는 비교도 되지 않았다. 고소하면서 말랑한 누룽지와 달콤한 설탕의 조화는 퍽퍽한 도넛과는 차원이 다른 식감이었다. 심지어 엄마도 기옥 씨만큼 말랑한 식감으로 만들지 못한다. 아마 그 식감은 누구도 따라 하기 쉽지 않을 것이다.

어느 늦은 저녁, 아들이 친구와 있었던 일을 떠올렸는지 웃으며 말을 꺼냈다.

"엄마! 오늘 되게 웃긴 일 있었어. 웃긴 일이라고 해야 할지 모르겠는데, 우리 반에 어깨 충돌 증후군이라는 애가 있거든? 걔는 어깨가 자주 탈골된대. 그래서 누가 지나가다가 어깨를 치면 '야! 잠깐만, 나 어깨 빠졌다.' 이러면서 장난을 치는데, 근데 걔가 오늘……."

갑자기 아들이 말을 멈추며 다시 이야기를 이어간다.

"엄마! 좀 출출한데 누룽지 설탕 만들어 줄 수 있어?"

"이야기 하다 말고 갑자기 웬 누룽지 설탕이야. 근데 너 누룽지 설탕이 뭔지 알아?"

"그거 누룽지 튀겨서 설탕 뿌리고 과자처럼 먹는 거던데. 유튜브에서 봤어."

순간 프라이팬에 누룽지를 누르던 기옥 씨의 작은 어깨가 떠올랐다. 누룽지를 좀 더 바삭하게 누르기 위해 부지런히 움직이던 그녀의 뒷모습이 눈앞에 그려졌다.

"엄마! 빨리해 줘. 너무 배고파. 그래서 내가 어디까지 이야기했더라?"

"어깨 빠졌다면서 장난을 자주 치는 애가 있다는 이야기까지 했어."

기옥 씨가 생각났던 것도 잠시 아들의 성화에 인덕션을 켰다. 잔뜩 기대하고 있는 아들을 보며 그 기대에 부응하고 싶어 열심히 누룽지 설탕을 만들었다. 완성된 간식을 보자마자 아들은 어린 시절의 나처럼 순식간에 먹어 치웠다. 오물오물하면서도 야무지게 누룽지를 먹는 아들의 모습과 어릴 적 맛있게 잘 먹는 나를 바라보며 흐뭇하게 웃던 기옥 씨의 모습이 겹쳐졌다. 기옥 씨도 이런 마음이었으리라. 힘들지만 하나라도 더 만들어 주고 싶어 하던 그녀의 마음을 이제야 온전히 알 것 같았다.

"이거 생각보다 맛있네. 하나 더 해 줘."

"맛있니? 엄마 어릴 때 엄마 할머니가 자주 만들어 주시던 건데, 네가 잘 먹으니까 신기하다. 이런 입맛도 유전되나?"

처음 먹는 간식인데 맛있다며 좋아하는 모습을 보니 음식 유전자가 있는 건가 싶었다. 그렇다면 더할 나위 없이 감사한 일이다. 기옥 씨의 유전자를 내가 이어받아 아이들에게 물려 줄 수 있다는 사실이 말이다. 기옥 씨가 나에게 보내주었던 무한한 신뢰와 응원을 음식으로 기억하는 것처럼, 내 아이들도 나를 그렇게 기억하리라. 세대에서 세대로 전해지는 음식은 어쩌면 그런 의미인지도 모르겠다.

오늘은 문득 기옥 씨의 방에서 널브러져 있고 싶었다. 그러면 기옥 씨가 나를 위해 따뜻한 누룽지 설탕을 동그란 쟁반에 한가득 가지고 들어와 어미 새처럼 먹여줄 텐데…….

누룽지 설탕 1인분

재료
누룽지 2장, 식용유, 설탕

조리순서
1   팬에 식용유를 넉넉히 두르고 중불로 달군다.
2   잘 달궈진 팬에 누룽지를 올려 앞뒤로 뒤집어 가며 노릇노릇 바삭
    하게 튀긴다.
3   튀긴 누룽지를 종이타월 위에 올려 기름을 빼고 식힌다.
4   식힌 누룽지 위에 기호에 맞게 설탕을 뿌린다.

이거 먹고 일어나서 용기를 내

감자 수프

기옥 씨는 내가 아플 때마다 나를 극진히 보살펴 주었다. 언젠가 심한 독감으로 누워만 있던 적이 있었다. 지금은 상상할 수 없지만, 밥맛도 없고 힘이 없어 온종일 아무것도 먹지 못했다. 늦둥이 막냇손자가 걱정되었던 기옥 씨는 기운 차릴 만한 음식을 만들어 간호했다. 그때 만든 음식도 딱히 부르는 이름이 없어 나는 막연히 '달걀차'라고 불렀다. 달걀차는 달걀 두 개를 컵에 풀어 팔팔 끓인 물을 붓고, 설탕을 한 숟가락 넣어 살짝 휘저으면 완성이다. 달걀이 뜨거운 물에 적당히 익어, 우리가 보통 마시는 차처럼 부드럽게 넘어간다. 무엇보다 달걀 특유의 살짝 진득한 식감에 맛도 좋았다. 설탕을 넣어서 그런지 뜨거운 달걀차 한 잔을 마시고 나면 눈이 떠졌다. 기운이 없어 한 입 마시고 다시 누우면 기옥 씨는 한 숟갈씩 식히며 내 입안으로 떠 넣어 주었다. 그걸 먹고 나면 꼭 삼계탕 국물을 먹은 것처럼 땀이 나기 시작하고 몸이 개운해졌다.

달걀차와 함께 내가 아플 때마다 기옥 씨가 해 주던 또 다른 음식이 있다. 바로 '수프밥'이다. 한 번은 얼굴에 피부 이식 수술을 한 적이 있었는데, 얼굴 근육을 움직이면 안 된다고 하여 그때의 나는 유동식만 힘겹게 먹었다. 씹을 수가 없었기에 쌀을 오래 끓여 미음보다 더 물게 조금씩 먹었다. 삼시 세끼를 흰 미음만 먹다 보니 밍밍하기만 하고 남아도는 위액 때문에 속이 몹시도 헛헛했다. 그러다 나도 모르게 투정이 났다. 몸도 힘든데 이런 거나 먹어야 하냐고, 싫다고 소리치며 짜증을 냈다. 옆에서 나를 지켜보던 기옥 씨는 곧장 부엌으로 갔다. 그러고는 쌀을 물에 불려서 절구에 빻기 시작했다. 기옥 씨는 믹서기를 사용할 줄 몰랐다. 곱게 빻은 쌀을 잘 불려서 시중에 파는 즉석 수프에 넣고 오래도록 뭉근하게 끓여주었다. 수프는 계속 젓지 않으면 타기 때문에 인스턴트 식품인 수프를 꽤 오래 정성 들여 끓였다.

수프를 먹는 순간 입에 쫙 감기는 짭조름하고 부드러운 수프의 맛이 혀를 자극했다. 식도로 들어오는 수프를 소화시키기 위해 위가 열심히 운동을 시작하자 소장의 융털이 솟아오르는 느낌이 들었다. 쌀이 뭉근하게 으깨져 고소하고 든든했다. 거의 보름 가까이 기옥 씨는 나를 위해 매 끼니 수프 밥을 만들었다. 그때는 그저 맛있다는 생각뿐이었지만 그녀의 나이를 돌이켜보면 사랑 없이는 할 수 없는 일이었다. 그런 수고를 나는 너무 당연하게 받았고, 기옥 씨는 항상 내 곁에 있을 줄 알았다. 긴 세월이 지나, 두 아이의 엄마가 된 지금에서야 어렴풋이 기옥 씨의 마음이 전해졌다. 수프가 뭔지도 몰랐던 기옥 씨가, 믹서기도 쓸 줄 모르는 기옥 씨가, 손녀를 생각하는 마음으로 만들어낸 그 맛을 떠올려 본다. 그 안에 기옥 씨의 모든 것이 담겨 있다.

오늘 저녁은 아이들을 위해 감자 수프를 만들었다. 수프는 간단하면서도 동시에 번거로운 요리이기도 하다. 계속 볶고 계속 휘저어야 한다. 수프를 먹고 좋아할 아이들 생각에 귀찮고 힘들어도 요리를 한다. 아이들이 맛있게 먹으면 기분이 그렇게 좋을 수가 없다. 기옥 씨가 자주 하던 말 중에 "오저 죽겠다."는 말이 있다. 마음이 흡족해 죽겠다는 뜻인데, 아이들이 잘 먹어만 주면 나는 그게 그렇게 오저 죽겠다. 그녀도 분명 그랬으리라.

기옥 씨는 내 인생에서 대가 없는 무한한 사랑을 준 사람이다. 기옥 씨는 나에게 해 줄 수 있는 모든 것을 내어 주었다. 늘 내게 먹고 일어나서 힘을 내라고, 용기를 내라고 말했다. 오늘 안 되면 내일 하면 된다며, 밖으로 나가서 무엇을 하든 네가 주인이 되라고 했다. 기옥 씨는 내 자존감을 항상 일깨

위 주었다. 부족할 것 하나 없으니, 어디서든 주눅 들지 말라던 그 말이 기옥 씨가 나를 사랑하는 방식이었다.

감자 수프 1인분

재료

버터 1조각 (14g), 우유 1컵 (200mL), 삶은 감자 3개, 양파 ½개, 체더치즈
1장, 소금 한 꼬집, 후추 한 꼬집

조리순서

1   깨끗이 손질한 감자 3개를 삶는다.

2   깨끗이 씻은 양파를 잘게 채 썰어 준비한다.

3   팬에 버터 1조각을 녹인 뒤, 채 썬 양파를 넣고 갈색이 돌 때까지
    중약불에서 볶는다.

4   감자와 양파에 우유 1컵을 넣고, 믹서기로 부드럽게 갈아준다.

5   갈아낸 수프를 다시 팬에 붓고, 약불에서 저어가며 끓인다. 수프
    가 너무 되직하면 우유나 생크림을 조금씩 추가한다.

6   알맞게 걸쭉해지면, 체더치즈를 넣어 풍미를 더한다.

7   소금과 후추로 간을 맞추면 완성이다.

*

TIP   바싹하게 구운 식빵크루통을 곁들이면 한 끼 식사로도 좋다.

노오란 벽돌 같은 진한 고백
달걀말이

내 어린 시절 엄마는 늘 바빴다. 우리 부모님은 당시에 흔치 않은 맞벌이 부부였다. 동네 친구 엄마들은 대부분 가정주부였다. 동네에 큰 평상이 있었는데, 학교가 끝나면 아이들을 너 나 할 것 없이 평상으로 달려갔다. 그리고 그날 있었던 일들을 미주알고주알 말하면서 엄마들이 챙겨 둔 간식을 먹었다. 우리 엄마는 늘 거기에 없었다. 우리 엄마는 새벽부터 일하랴, 애들 키우랴, 시어머니 모시느라 몸이 열 개라도 부족했다. 물론 어린 나도 그 상황을 너무 잘 알았고 큰 불만은 없었지만, 그래도 우리 엄마도 거기 있었으면 했다. 나에게는 정신적 지주인 기옥 씨와 정서적 샴쌍둥이인 언니들이 있었지만, 그래도 온전히 엄마와 시간을 보내고 싶은 마음의 갈증이 있었다.

그 갈증이 말 한마디로 눈 녹듯이 사라지는 계기가 있었다. 바로 첫아이를 낳고 산후조리원에 있을 때였다. 임신으로 배가 불렀을 땐 아이만 낳으면 모든 게 편하겠지라고 생각했다. 게다가 한여름 무더위가 극성을 부리던 시기에 첫아이가 태어났기 때문에, 낳기만 하면 편해질 줄 알았다. 그런데 낳고 보니 웬걸, 산후풍으로 에어컨도 마음대로 켤 수 없었다. 수유 때문에 잠도 제대로 못 잘 뿐만 아니라 아이를 계속 안고 있으니 손목이 시큰거렸고, 앉았다가 일어났다가를 반복하니 허리며 발목이며 어디 하나 아프지 않은 곳이 없었다. 게다가 나는 아이에게 모유 수유를 해야 '좋은 엄마'가 될수 있다는 강박에 사로잡혀 젖몸살을 앓아가며 모유 마사지를 받았다. 그럼에도 모유는 제대로 나오지 않아 아이는 아이대로 힘들고, 나는 나대로 지쳐갔다.

대부분의 산후조리원은 배우자를 제외한 외부인의 출입이 금지되어 있었지만 내가 있었던 곳은 입구에서 잠깐 친지를 만나는 정도는 허용해 주었다. 산후조리원에 온 첫날 엄마와 기옥 씨가 찾아왔다. 나는 기옥 씨를 보자마자 눈물이났다. 지금도 왜 그렇게 눈물이 났는지 이유는 모르겠지만, 쉬지 않고 눈물이 뚝뚝 떨어졌다. 엄마가 옆에 있었기에 다행이지 누가 보면 엄마 없이 할머니 손에서 자란 사람처럼 보였을 것이다.

"아가! 울지 마소. 울지 마소."

기옥 씨가 나를 다독였다. 엄마는 옆에서 몸은 괜찮은지 물었다. 나는 울면서 모유 수유를 하고 싶은데, 젖이 잘 나오지 않는다고 했다. 엄마는 민간요법이긴 하지만 돼지족발을 삶아 주겠다고 했다. 그러고는 내 얼굴을 찬찬히 보더니, 더 먹고 싶은 게 없는지 물었다. 나는 두툼한 달걀말이를 먹고 싶다고 했다. 엄마는 알겠다고 답하며 기옥 씨를 모시고 집으로 갔다.

다음 날 엄마는 아주 큰 보온병에 뽀얀 돼지족발 국물을 담아 왔다. 그리고 김치 한 포기가 들어갈 만한 스테인리스 보관통에는 달걀말이가 한가득 담겨 있었다. 엄마는 컵에 국물을 따라주며 먼저 먹으라고 했다. 돼지족발 국물은 정말 상상 이상으로 비렸다. 그러나 모유가 잘 나오기만 한다면 무엇이든 하겠다는 마음으로 코를 막고 마셨다. 그런 나를 보며 엄마가 말했다.

"내가 너 키울 때는 너무 바쁘고 힘들어서 제대로 못 챙겼어. 그게 마음에 늘 걸리더라."

족발의 비린 맛 때문에 놀랐던 나는 뜬금없는 엄마의 고백에 더 놀랐다. 아이를 낳은 내 모습을 보니, 그 옛날 나와 겹처 보였던 것일까? 아니면 애를 낳고 애쓰는 모습이 안쓰러워 그랬던 것일까? 나는 더 자세히 물어보지는 않았지만, 그럼에도 엄마의 마음을 알 것 같았다.

잠시 후 엄마는 스테인리스 통을 내밀며 말했다.

"네가 먹고 싶다는데 조금만 만들 수 있어야지. 따뜻하게 먹이려고 스테인리스 통에 담아 꽁꽁 싸매고 왔다."

엄마는 저녁을 해야 한다며 급하게 나갔다. 엄마가 건넨 스테인리스 통에 김이 잔뜩 서린 노오란 벽돌 같은 달걀말이가 가득 담겨 있었다. 아무리 먹는 것에 비해 왜소한 나였지만, 이렇게 엄청나게 무시무시한 달걀말이를 어떻게 다 먹어야 하나 고민이었다.

마침 내가 다닌 산후조리원은 식사시간에 다 같이 식당에 모여서 밥을 먹었다. 엄마가 해 준 달걀말이를 들고 식당으로 갔다. 같이 나눠 먹을 수 있게 테이블 위에 가득 담아 올려 놓았다. 나와 같은 테이블에 앉은 산모들은 너 나 할 것 없이 두툼한 달걀말이를 먹기 시작했다. 그날 식단으로 나온 줄 알았던 모양이었다. 다들 맛있게 잘 먹으니 내 마음도 좋아

졌다. 나는 밥도 먹지 않고 엄마가 준 달걀말이를 먹었다. 엄
마가 했던 이야기를 되뇌면서 계속 먹었다.

'너 키울 때 바빠서 잘 챙기지 못했어. 그게 늘 마음에 걸리
더라.'

그 말이 계속 맴돌았다. 마음에 걸렸다는 그 말 한마디가
어린 시절에 함께 할 수 없었던 엄마에 대한 갈증을 한 방에
날려 주는 듯해서.

달걀말이 4인분

재료

달걀 10개, 당근 ½개, 양파 ½개, 대파 1개, 액젓 1큰술(15mL), 맛술
1큰술(15mL), 식용유

조리순서

1   큰 볼에 달걀 10개를 깨서 넣고 골고루 푼다.

2   달걀을 푼 볼에 액젓 1큰술, 맛술 1큰술을 넣고 잘 섞는다.

3   잘게 썬 당근과 다진 양파, 다진 파를 넣고 한 번 더 섞는다.

4   팬을 중불로 예열하고 식용유를 두른 뒤 달걀물을 넓게 부어 돌돌
    말아준다.

5   말아놓은 달걀을 팬 한 켠에 두고, 남은 달걀을 여러 번 나눠 부으
    며 계속 돌돌 말아준다.

6   부피가 커지도록 위 과정을 반복해 굽는다.

7   다 익은 달걀말이를 식혀서 두툼하게 썰어 접시에 담는다.

*

TIP   사각팬을 쓰면 모양 잡기에 좋다. 만약 사각팬이 없다면 김밥말이를 이
      용해 모양을 잡으면 된다.

일요일마다 냉장고를 털면

잔치국수

　나와 언니들은 엄마를 정 여사라고 부른다. 엄마가 참석하
는 수많은 모임에서도 맡은 일이 많은 엄마를 존중하는 의미
로 사람들은 '여사'라고 불렀고, 성을 붙여 정 여사라 했다.
반면 아빠를 부를 때는 이 반장님이라고 부른다. 아빠는 현
장관리소장이셨는데 퇴직한 후에도 그 애칭을 계속 사용했
다. 늘 바쁜 정 여사는 일주일에 일요일 딱 하루만 쉬었다. 유
일하게 늦잠을 잘 수 있던 날이었지만 유일했던 그 휴일에도
우리는 평소처럼 일어나 집안일을 해야 했다.

　정 여사가 집안일을 시작하면 자연스레 우리 자매도 그녀
를 도와 같이 집안일을 해야 했다. 조금이라도 뭉그적거렸다
가는 그녀의 잔소리를 종일 듣게 된다. 그녀의 잔소리가 참
무서운 게 그날 아침에 늦게 일어난 일로 시작했다가 평상시
에 잘못했던 일들이 줄줄이 사탕으로 쏟아져 나온다. 마지막
에는 '이것도 교육이다. 너희들도 집안일이 얼마나 수고가
많은지, 엄마 아빠가 얼마나 고생하는지 알아야 한다'는 교

훈으로 마무리된다.

하여튼 게슴츠레한 눈으로 아침을 먹고 나면 본격적으로 대청소가 시작된다. 각자 맡은 구역으로 가서 빗자루질과 걸레질을 한다. 방은 대충 치울 만하지만 문제는 베란다에 있는 화분들이다. 집에 화초가 많아도 너무 많았다. 벤저민 나무를 비롯한 이름도 모르는 나무들이 무성해서 베란다에 들어오는 빛을 가릴 정도였다. 화분에 물을 주는 일은 참으로 힘든 일이었다. 분무기로 뿌리는 건 이 반장님이 평소에도 잘하므로 신경 쓰지 않아도 되지만, 화분들을 하나하나 화장실로 옮겨다 뿌리까지 듬뿍 물을 주어야 했다. 그리고 그 물이 다 빠지기를 기다렸다가 다시 제자리로 옮겨야 한다. 기다리는 시간에 썩은 잎도 떼어주고 먼지도 털어야 했다.

우리가 그렇게 청소를 하고 있을 무렵에 정 여사는 냉장고를 정리했다. 완전히 안에 있는 내용물을 다 꺼내고 유리판 채소 통, 냉장고 문에 붙어 있는 달걀 틀까지 다 꺼내 닦았다. 그렇게 우리가 식물에 물을 주는 동안 정 여사가 냉장고를 청소하는데 식구가 많아서 그런지 눌어붙은 음식물 찌꺼기들이 나오고 또 나왔다. 이렇게 정리를 하다 보면 3~4시간이 훌쩍 지나간다. 그러면 다시 또 점심시간이다.

우리 가족의 일요일 점심 메뉴는 정해져 있었다. 바로 냉장고 정리를 하면서 나온 자투리 채소를 이용한 잔치국수다. 정 여사는 평소에 멸치와 북어 대가리, 파 뿌리로 육수를 내어 큰 통에 따로 보관하는데, 주로 잔치국수 육수로 활용했다. 정 여사의 국수는 언제나 대용량이다. 업소용 국수 한 통을 다 삶았기에, 먹어도 먹어도 끝이 없다.

그러나 일요일 아침 온 가족이 대청소하고 나면 그 많았던 국수는 어느새 자취를 감춰버렸다. 고춧가루를 넣어 칼칼한 육수에 달큼한 채소가 잘 우러나와 감칠맛이 조화를 이룬다. 후루룩후루룩 면치는 소리가 조용한 식탁에 울려 퍼진다. 너나 할 것 없이 국수 삼키기에 집중한다는 뜻이다. 여기에 잘 익은 김치를 국수에 감싸 입안 가득 넣으면, 아삭아삭한 김치 사이로 고소한 면이 비집고 들어와 질겅질겅 총총총 하는 소리가 귓가에 울린다. 면을 다 먹으면, 국물이 남아 채반에 담긴 국수를 더 넣게 되고, 국수를 많이 넣어 국물이 모자라면 냄비에 있는 육수를 더 넣으니, 사발 국수가 끝이 나지 않는다. 이때쯤 더는 먹을 수 없다는 배부른 소리가 여기저기서 터져 나온다.

"이제 그만! 나 못 먹어! 진짜 못 먹어!"

그러면 이 반장님이 조용히 말한다.

"국수는 금방 배 꺼지니까 있을 때 먹어 둬~"

이 반장님은 국물까지 모조리 마시고 소주 한잔을 빠르게 꺾으며 자리에서 일어났다. 정 여사가 그랬다. 아빠가 제일 좋아하는 게 잔치국수라고. 그리고 제일 싫어하는 게 수제비라고 했다. 둘 다 밀가루 음식인데 수제비는 왜 싫어하냐고 물었더니, 어렸을 때 수제비만 너무 많이 먹어서 수제비는 보기만 해도 소화가 안 된다고 했다. 잔치국수는 돈 없어 못 먹은 기억 때문에 늘 갈망하던 음식이라고 했다.

이 반장님은 해방과 전쟁을 겪은 사람이다. 전쟁 직후 식량이 부족하던 시절, 미국의 원조로 밀가루가 보급되면서 대부분의 서민은 수제비로 끼니를 연명했다. 이 반장님도 어린 시절 겨우 수제비만 먹을 수 있었다고 했다. 겨우 먹을 수 있었던 그 수제비도 반죽을 질게 하여 국물을 묽게 하여 만든 수제비라고 했다. 지금도 수제비만 보면 그 시절이 생각나 몸서리가 난다고 했다.

그와 반대로 갖가지 달걀 고명이 잔뜩 올라간 잔치국수는 자주 먹을 수 없어서 늘 먹고 싶었다고 했다. 그때까지 이 반장님의 어린 시절을 생각해 본 적이 없었다. 모두가 춥고 배고팠던 시절, 따뜻한 잔치국수 한 접시가 소원이었던 어린 소년의 얼굴이 짠하게 떠올랐다. 이 반장님의 어린 시절을 들으며, 이 반장님을 조금은 더 이해할 수 있게 되었다. 그렇게 소란했던 일요일 대청소는 모두가 국물을 들이켜고 나서야 끝이 났다.

잔치국수 〔1인분〕

재료

소면 100g, 마른 멸치 10마리, 당근 ¼개, 양파 ¼개, 애호박 ¼개, 표고
버섯 1개, 국간장 1큰술(15mL), 액젓 1큰술(15mL), 고춧가루 1큰술(6g)

조리순서

1   멸치는 비린내가 나지 않게 멸치의 머리와 내장을 제거한다.

2   끓는 물 1L에 멸치를 넣고, 센 불로 끓이다가 끓기 시작하면 중불
로 줄여 10분간 끓인다.

3   멸치육수 400mL에 국간장 1큰술, 액젓 1큰술을 넣는다.

4   당근, 양파, 애호박, 버섯을 적당한 크기로 썰어 고춧가루와 함께
넣고 채소가 익을 때까지 끓인다.

5   팔팔 끓는 물에 소면을 넣고 삶는다.

6   삶은 면은 찬물에 씻어 전분기를 제거하고 채반에 받쳐 물기를 뺀다.

7   그릇에 삶은 면을 담고 육수를 붓고 익은 채소들을 넣는다.

*

TIP   멸치를 너무 오래 끓이면 비릿한 맛이 강해지므로, 10분만 끓인다.

TIP   끓는 물에 소면을 넣고 거품이 부풀어 오를 때 찬물을 1~2컵 부으면 면
발이 탱탱해진다.

소녀의 영혼을 채워 준
즉석떡볶이

'카톡! 카톡! 카톡!'
알람이 울린다. 언니가 보낸 메시지다.

"네가 해 준 채소 가득한 떡볶이 먹고 싶다!"
"언제든지 오셔. 채소 그득하게 해서 한 냄비 해 드리리~"

언니의 메시지를 보니 피식 웃음이 난다.
내가 좋아하는 음식을 꼽으라고 한다면 나는 단번에 떡볶이라고 말할 것이다. 『죽고 싶지만, 떡볶이는 먹고 싶어』라는 책을 보았을 때, 내 이야긴가 싶었다. 물론 그 책의 내용은 떡볶이 이야기가 아니지만… 내 첫 떡볶이의 기억은 정 여사가 떡국 떡으로 만들어 주던 고추장 떡볶이다. 방앗간에서 갓 뽑은 긴 가래떡을 집으로 가지고 와, 따뜻할 때 몇 개는 조청에 찍어 먹고 나머지는 베란다에 두었다. 다음날 베란다에서 딱딱해진 가래떡을 떡국에 들어가는 떡 크기로 어슷썰기를 한다. 그리고 자른 떡들을 다시 소분해서 떡국으로 끓여 먹거나,

라면에 넣어 먹거나 떡볶이로 요리해 먹기도 한다.

정 여사의 떡볶이는 고추장에 간장, 설탕, 마늘, 깨소금을 넣고 말갛게 끓이는 깔끔하고 간단한 떡볶이였다. 초등학생을 위해 고추장은 조금 넣고 간장의 비율을 높여 맵기를 최소화해서 만들었다. 양념을 적당히 빨아들인 떡을 먹으면 쫀쫀한 식감이 입안 가득 퍼지고, 찰지게 늘어난 떡을 씹는 소리가 뇌를 자극해 숟가락이 멈추지 못한다. 이 떡볶이에는 어묵을 넣지 않는 것이 좋다. 미끄덩한 어묵이 찰진 떡의 질감을 방해하는 느낌이 들기 때문이다. 떡에 집중하는 것이 훨씬 좋다.

그런 떡볶이 조기 교육 때문인지 청소년이 되면서 떡볶이에 전문가가 되었다. 학교 근처에 지하 식당가에 즉석 떡볶이집이 여럿 생기면서 하교 후 허기진 배를 달래려고 매일 같이 그곳에 들렀다. 즉석떡볶이의 맛은 코흘리개 어린이가 먹는 컵떡볶이와는 차원이 다른 맛이었다. 뭔가 풍성하고 다양한 대기업의 맛이었다. 시험 끝나고 스트레스를 풀러 가거나 수다가 떨고 싶을 때, 무엇보다 특별하지 않은 날에도 친구들과 지하 식당가에 가서 즉석떡볶이를 먹었다. 그곳은 맛있고 따뜻하며 아늑한 아지트 같은 공간이었다.

그렇게 매일 먹으니 집에서도 얼추 비슷하게 그 맛을 구현할 수 있을 것 같았다. 양념 비율을 아는 것은 아니었지만 정여사 떡볶이 양념에서 힌트를 얻었다. 거기에 떡볶이의 맛을 극강으로 올려 줄 요리 비책은 바로 라면 수프 반 봉지였다. 라면 수프는 정말 마법의 수프가 맞다. 라면 수프를 넣었느냐 안 넣었느냐에 따라 자극적인 맛의 품격이 달라진다. 그리고 가장 마지막에 깻잎과 삶은 달걀을 넣으면 향긋한 깻잎이 텁텁한 고추장의 맛을 잡아 준다. 게다가 삶은 달걀을 국물에 으깨어 먹으면 매운맛이 중화되고 고소한 맛이 올라온다. 보글보글 떡볶이 끓는 소리가 나면 온 집안 떡볶이 냄새가 가득 퍼진다. 그러면 부르지 않아도 언니들이 달려 나와 함께 떡볶이를 먹었다.

신기하게 즉석떡볶이는 기옥 씨도 좋아했다. 기옥 씨가 좋아하는 채소가 가득했고 우리와 함께 오순도순 먹는 재미도 있었을 것이다. 넉넉한 식탁을 두고 작은 교자상에 좁게 둘러 앉아 떡볶이를 나눠 먹었다. 비좁아도 서로 부딪히며 작은 거라도 나눠 먹었다. 기옥 씨는 자신이 만들면 더 맛있게 만들었을 거라고 하면서도 숟가락을 내려놓지 않았고 삶은 달걀도 두세 개씩 먹었다. 그렇게 우연한 기회에 성공하게 된 떡볶이 덕에 그때부터 지금까지 우리 집 떡볶이는 내가 담

당한다. 결혼 전이나 지금이나 떡볶이는 언니들과 나의 추억
의 음식이자 소울푸드이다.

우리는 매콤하고 달콤한 떡볶이 국물에 갖은 채소가 어우
러지듯 기옥 씨와 서로 어우러져 수다를 떨었다. 마루에 앉
아 시답잖은 이야기를 주고받으며 낄낄낄 깔깔깔 웃었다. 아
마도 나를 키운 건 8할이 떡볶이일 듯하다. 나는 떡볶이를 맛
으로도 먹었지만 수다로도 먹었다.

즉석떡볶이 2인분

재료
떡볶이 떡 300g, 어묵 2장, 양배추 2장, 삶은 달걀 1개, 양파 ½개, 라면 1개, 라면 수프 ½봉, 깻잎 5장, 대파 한줌, 고추장 1큰술(20g), 고춧가루 1큰술(6g), 진간장 2큰술(30mL), 설탕 2큰술(24g), 다진 마늘 2큰술(40g)

조리순서
1 냄비 바닥에 채 썬 양배추와 양파를 가득 깔고 그 위에 떡과 어묵을 올린다.

2 볼에 고추장 1큰술, 고춧가루 1큰술, 진간장 2큰술, 설탕 2큰술, 다진 마늘 2큰술을 넣어 양념장을 만든다.

3 냄비에 물(약 200mL)을 붓고 10분 ~ 15분 끓인다.

4 떡과 어묵이 살짝 익으면 준비한 양념장을 넣고 끓인다.

5 양념이 떡에 배어들면 라면을 반쪽씩 나눠 넣고, 라면 수프 ½봉도 함께 넣는다.

6 라면이 거의 익었을 때 깻잎, 대파, 삶은 달걀을 넣고 5분간 더 끓인다.

*

TIP 깻잎을 반드시 마지막에 올려야 향이 오래 남는다.

정 여사가 나에게 보내는 위로

미역탕국

내가 시댁에 매여 있을 때 정 여사가 아프기 시작했다. 정 여사는 5년 전 위암 수술을 받았고, 별다른 이상이 없으면 완치판정만을 앞둔 상황이었다. 그런데 그 시점을 코앞에 두고 위암이 재발했다. 그나마 다행인 것은 정기 검사에서 발견되어서 지난번과 같이 내시경으로 위암 수술을 할 수 있다는 사실이었다. 암이 다시 재발하다니.

시부모님 모시느라 정작 내 부모님은 뒷전이었다. 부모님 곁에는 언니가 함께 살며 잘 챙겨 주고 있었지만, 친정에 무심했던 나를 자책했다. 혹시나 막내딸 걱정에 몸이 더 안 좋아진 건 아닌지 마음이 무거웠다.

그러던 어느 평일 오후, 언니한테 연락이 왔다.

"엄마가 몸살기가 심해서 병원에 갔는데 링거 맞으라고 했대. 그래서 링거 맞는다고 한 게 오전인데, 아직도 연락이 안 되네. 나 지금 일 때문에 바로 갈 수 없는데 네가 엄마한테 가 줄 수 있어?"

나는 허둥지둥 알겠다고 하고 곧바로 친정으로 갔다. 이 반장님은 일 때문에 지방에 계셨기에 혼자 있을 정 여사에게 무슨 일이 생긴 건 아닌지 마음을 졸였다. 급하게 집으로 찾아갔다. 다행히 정 여사가 침대에 누워 있었다. 정 여사는 약 먹을 힘도 없어 보였다. 이러다가 응급실에 가야 하는 건 아닌가 하고 흔들어 깨웠더니 "지금은 너무 힘드니까 조금만 잘게."하며 힘없이 손을 흔들었다.

정 여사는 1년에 한 번씩 몸살감기를 제대로 앓았다. 이번에는 위암이 재발했다는 소식 때문에 마음을 많이 써서 탈이 난 모양이었다. 챙겨 줄 사람이 없어 혼자 끙끙대고 있었을 정 여사 생각에 눈시울이 붉어졌다. 머리맡에 놓인 약봉지를 보니 약도 그대로인 것 같았다. 아침부터 그랬으니, 온종일 먹은 것도 없었을 것이다.

일단 병원에서 처방받은 조제약 말고 사발로 타이레놀을 갈았다. 병원에서 처방한 약은 너무 많았기에 누워서 알약을 삼키기가 힘들겠다는 생각이 들었다. 사발에 타이레놀을 갈아서 물에 탄 후 떠먹여 주었다. 그렇게라도 푹 잘 수 있도록 했다. 정 여사가 자는 동안 빠르게 음식을 만들었다. 원래는 죽을 끓이려고 했는데 흰죽은 아무래도 도움이 되지 않을 것 같았다. 근처 정육점에서 갈비를 사다가 미역탕국을 끓였다. 고기국물을 먹어야 힘이 조금이라도 날 것 같은데 정 여사는 고기 누린내를 싫어하기에 미역을 넣어보기로 했다.

타이레놀의 효과인지 정 여사가 조금씩 정신을 차렸다. 정 여사를 일으켜 질게 한 밥을 국에 살짝 말아 조금씩 떠 먹여 주었다. 국물을 먹던 정 여사의 이마에서 땀이 나기 시작하더니 점차 기운을 차리기 시작했다. 땀을 얼마나 흘렸는지 내복과 이불이 축축했다. 이대로 두면 감기가 더 심해질 것 같아 내복과 이불을 갈고 다시 눕혔다. 이제 정신이 든 정 여사가 조금씩 말을 하기 시작했다.

"너무 죽겠는 거야. 안 되겠다 싶어서 병원에 기어가다시피 해서 갔어. 가니까 감기 심하다고 링거 맞고 가라고 하더라. 그래도 그거 맞으니까 집에는 어떻게 왔는데, 약을 먹을 수가 있어야지."

"나한테 바로 연락하지 그랬어!"

"너는 애들도 어리고 시어른들도 신경 써야지. 나까지 신경 쓰게 하면 되나!"

정 여사는 바쁜 자식들 신경 쓸까 봐 혼자 안간힘을 쓰며 병원에 갔다. 힘들게 병원에 갔을 정 여사의 모습을 떠올리니

다시 한번 마음이 무너졌다. 시댁 신경 쓰느라, 내 자식들 챙기느라, 정작 내 엄마에게는 소홀했다. 도대체 왜 이런 일들이 생기는지, 어디까지 바닥으로 가는지 휘몰아치는 감정을 주체할 길이 없어서 눈물이 핑 돌았다. 정 여사가 조금이라도 편할 수 있도록 며칠간 먹을 것을 냉장고에 쟁여 두고, 가기 전에 약 먹는 정 여사의 모습을 보고 집으로 돌아왔다. 발길이 떨어지지 않았지만, 돌봐야 할 가족들이 있으니, 가야만 했다. 미안함과 의무감 그 사이에서 고민하는 내가 서글펐다. 며칠 뒤 정 여사에게서 아주 괜찮아졌다며 전화가 왔다.

"그때 네가 그 약 안 줬으면, 진짜 까무러칠 뻔했어. 네가 날 살린 거야."

"엄마! 그러니까 아프면 바로 연락하고 필요한 거 있어도 바로 연락해."

"그래. 네가 나한테 어떤 딸이냐. 애들 잘 챙기고 주말에 시간 되면 와."

"응. 나 잘하고 있으니까 내 걱정은 말고. 우리 잘 이겨 내고 있어."

"엄마도 그런 세월 다 견뎠어. 결국에는 다 지나간다. 네가 제일 잘 살 거야."

정 여사가 왜 느닷없이 내게 '네가 제일 잘 살 거야'라고 말했는지 이제는 안다. 그 말에는 정 여사만의 방식으로 엄마가 딸에게 보내는 위로이자 응원이 담겨 있었다.

미역탕국 4인분

재료

소갈비(탕용) 600g, 소고기 양지 반 근(300g) 마른미역 20g, 다진 마늘 1큰술(20g), 국간장 4큰술(60mL), 소금 1큰술(18g), 무 ½개, 양파 1개, 다시마 ½장(약 5cm×10cm), 통후추 10알

조리순서

1   소갈비와 소고기 양지를 찬물에 30분에서 1시간 정도 담가 핏물을 뺀다. 마른미역은 물에 10분 이상 불린다.

2   큰 냄비에 물 3L를 붓고 소갈비, 소고기 양지, 무, 양파, 다시마, 통후추를 넣는다.

3   센 불로 끓이다가 팔팔 끓으면 중불로 바꾸고 1시간 이상 끓인다.

4   육수가 진하게 우러나면 소고기를 건져 결대로 찢거나 얇게 썰고, 소갈비에 붙은 소기름을 제거한다.

5   면포나 체로 건더기와 기름을 걸러 맑은 육수만 남긴다.

6   불린 미역을 잘게 썰고, 육수에 손질한 소갈비, 소고기와 함께 넣는다.

7   다진 마늘 1큰술, 국간장 4큰술, 소금 1큰술로 간을 맞춘 뒤 미역이 부드러워질 때까지 25~30분간 더 끓인다.

더 이상 못 먹어 VS 조금이라도 더 먹어

해물칼국수

"연결이 되지 않아, 삐 소리 후 소리샘으로 연결되오며 통화료가 부과됩니다. 삐—."

통화 연결음은 계속 들리지만, 결국 연결되지 않자 나는 정여사에게 전화를 걸었다.

"정 여사! 이 반장님 연락이 안 되는데, 오늘 밭에 가셨나?"

"너무 심심하다고 밭에서 이랑 만든대. 아침 일찍 나가셨어. 만약에 안 보이면 뒷밭에 있을 거니까 안쪽으로 들어가 봐."

정 여사와 이 반장님의 취미는 농사이다. 늘 말하지만, 취미라기에는 그 크기가 방대하여, 기업적 영농이라고 할 수 있다. 퇴직 후에 이 반장님은 심심하다는 이유로 더욱 농사일에 열중하셨다. 부모님의 밭은 집에서 20분 정도 차를 타고 가야 하는 거리인데, 그동안은 운전해서 갈 수 있었지만 몇 년 전 사고로 차를 폐차시키고 나서는 버스를 이용한다.

그래서 예전처럼 자주 갈 수 없지만 틈나는 대로 가서 밭을 일구신다. 주말에는 언니가 부모님 라이딩을 하고, 평일에는 내가 종종 그 일을 한다.

오늘은 그 근처 일이 있어서 갔다가 점심시간이라 이 반장님과 점심 먹을 생각으로 전화를 걸었다.

약간은 험한 산길을 달려서 밭으로 갔다. 봄기운이 완연하여 낮에는 덥기까지 했다. 이 반장님의 모습이 보이지 않아 차를 주차하고 안쪽까지 들어가 봤다. 역시나 곡괭이로 열심히 밭을 일구는 이 반장님의 뒤태가 보였다. 생활형 근육으로 다부진 이 반장님은 뒷모습만 본다면 팔순 노인이라고 아무도 믿지 않을 것이다.

"이 반장님. 나 왔어!" 크게 불렀다. 놀란 눈으로 뒤를 돌아보던 이 반장님은 씩 하고 웃으신다.

"왜 왔어. 다시 가!" 목소리가 메아리쳐 쩌렁쩌렁하게 울려 퍼진다. 그리고는 이 반장님 특유의 웃음을 씨익 하고 지어 보이신다.

"지나는 길인데 이 반장님이랑 밥 먹으러 왔지요."

"아우, 무슨 밥이냐. 괜히 돈 쓰지 말고 집에 가서 애들 챙겨라."

"아우, 애들 오후 늦게 와. 나 아침도 안 먹었어. 빨리 밥 먹으러 가자. 이 근처에 맛집 발견했어."

손사래를 치던 이 반장님도 아침을 안 먹었다는 내 말에 주섬주섬 장화를 갈아 신으셨다.

오늘 우리의 점심은 해물칼국수다. 최근에 알게 된 곳인데, 해산물이 가득하여 시원한 국물이 에너지를 충전해 주는 맛이다. 들어가자마자 안내받은 자리에 앉으면서 해물 칼국수를 주문했다. 잠시 후 묵직한 냄비를 두 손에 들고 오신 사장님께서 타다닥 가스레인지를 켜신다. 파란 불꽃이 일어났다. 냄비에 가리비를 비롯한 각종 조개와 홍합, 낙지와 새우 그리고 전복이 가득하다. 보글보글 냄비가 끓기 시작하더니, 끓는 압력이 뚜껑을 밀어내어 덜덜덜, 달그락달그락 소리가 난다. 맨 위에 있던 낙지와 전복이 뜨거운지 몸을 비비 꼬기 시작했다. 뽀얗고 투명한 국물에 하얀 국물 거품이 일었다. 냄비에서 국물이 넘치기 시작했다. 나는 잽싸게 가리비에서 살만 발라내기 시작했다. 입을 쫙 벌린 가리비 한쪽을 집게로 집고, 가위로 사이를 비집고 나가 조갯살만 발랐다. 가리비를 바르고, 키조개를 바르고, 이제 통통한 오징어와 낙지를 반으로 갈랐다. 이가 성치 않은 이 반장님을 위해 최대한 씹기 좋게 잘라 보았다. 전복도 마찬가지고 몸을 비틀어 분리해서 이 반장님 그릇 위에 살포시 놓아주었다. 점심 먹기 싫다고 집에 가라던 이 반장님은 내가 접시에 눠주는 족족 깨끗하게 다 드셨다. 빨간 소스 접시에 파란 고추냉이와 빨갛다 못해 거뭇한 초고추장을 섞는다. 고추냉이와 초고추장 합쳐져 알싸한 듯하면서도 달콤한 초고추장이 완성되었다. 거기에 잘 익은 낙지를 찍어 입으로 가져갔다. 잘근잘근 씹을 때마다 미끄덩한 낙지 살에서 육즙이 파바바방 튀어나왔다.

이번에는 투명하고 하얀 국물을 후루룩 마셨다. 시원하고 깔끔하면서도 담백한 조개의 맛이 이미 갯벌에 와 있는 느낌이다. 막힌 속이 뻥 뚫리는 시원한 미네랄의 맛이라고 해야겠다. 인위적인 감칠맛이라고는 전혀 찾을 수 없는 맛이다. 순식간에 해산물을 다 먹어 치운 우리는 칼국수를 넣어달라고 했다. 칼국수는 도삭면과 같은 비주얼과 식감이다. 보통 칼국수보다는 면이 넓적하고 수제비보다는 두께가 얇다. 잘 익지 않아 오래 끓였는데 끓이면 끓일수록 면에 간이 잘 배어 후루룩 잘 넘어갔다. 여기에 이 식당 유일한 반찬인 생김치를 얹어서 먹으면 풍미와 식감이 입안 가득 풍성해진다. 칼국수에는 역시 김치가 환상의 짝꿍이다.

이 반장님은 더는 못 먹겠다며, 숟가락을 내려놓으셨다.

마지막으로 칼국수 한 젓가락 더 드시라며 실랑이를 했다.
그만 먹겠다는 이 반장님은 몸을 돌려 접시를 사수하고 더 먹
으라는 나는 집게를 들고 이 반장님을 향해 흔들었다. 마치
어릴 적, 밥 안 먹겠다는 나와 더 먹으라던 이 반장님 모습 같
아 웃음이 터져 나왔다. 밥그릇 사수 대회는 그 옛날 그랬던
것처럼 결국 더 먹이려는 사람의 승리로 끝이 났다. 계산을
마치고 나오는데 전신 거울 앞에서 볼록 나온 배를 문지르며
잘 먹었다는 이 반장님과 잘 먹었다니 좋다며 웃는 내가 서
있었다. 그 옛날 그랬던 것처럼.

해물칼국수　1인분

재료

칼국수 생면 1인분(약 150g), 바지락 5~7개, 낙지 1마리, 국간장 1큰술(15mL), 소금 1작은술(6g), 다진 마늘 1작은술(7g), 감자 ½개, 애호박 ½개, 당근 ¼개, 양파 ¼개, 대파 한 줌, 다시마 1조각(5×5cm), 마른 멸치 5마리(내장 제거)

조리순서

1　냄비에 물 1L, 다시마, 마른 멸치 5마리 넣고 중불에 끓인다. 이때 물이 끓기 시작하면 30분 더 끓인다.

2　어느 정도 끓으면 건더기는 모두 건져내고 육수만 남긴다.

3　감자, 호박, 당근, 양파, 대파는 채 썰어서 준비한다.

4　해감한 바지락은 껍질을 문질러 깨끗이 씻고 낙지는 내장을 제거하여 준비한다.

5　칼국수 생면은 물에 한 번 헹궈 밀가루를 제거한다.

6　끓는 육수에 손질한 야채를 먼저 넣고 3~5분간 끓인다.

7　야채가 익으면 바지락, 낙지, 칼국수 면을 넣고 중불에서 면이 익을 때까지 5~6분간 끓인다.

8　국간장 1큰술, 소금 1작은술, 다진 마늘 1작은술로 간을 맞춘다.

3장
응원하는 한 입

마음만은 간단하지 않은 중화요리

해물짜장밥

시댁으로 들어가서 살던 그때, 큰애는 7살이었고 작은애
는 3살이었다. 자아가 생겨 한참 말 안 듣고 달래지도 않
았던 어린 남매를 챙기기란 쉽지 않았다. 그러나 한편으로는
아이들만 신경 쓰고 살면 얼마나 행복할까 생각했다. 남편의
사업 문제와 아프신 시부모님을 챙겨야 했던 시기였기에, 온
전히 아이들에게만 집중할 수 있는 다른 엄마들이 부러웠다.
그랬기에 나는 아이들에게 늘 미안한 마음이 있었다. 그래도
최대한 아이들을 위해 노력했는데, 그중 하나가 음식이었다.
그 음식도 시부모님 먼저 챙기고 나서야 만드는 것이었지만,
음식만큼은 최대한 정성을 들이고 싶었다.

보통 엄마들이 바쁠 때 많이 하는 음식이 카레와 볶음밥이
다. 카레와 볶음밥은 여러 가지 채소가 들어가 영양 챙기기
에도 좋고 특별히 다른 반찬이 필요 없기 때문이다. 그런데
우리 아이들은 카레보다 짜장밥을 좋아했다. 짜장은 춘장을
따로 볶지 않아도 되는 고형 짜장, 과립형으로 나온 분말 짜

장등 다양한 제품이 판매되고 있어서 만들기에는 어렵지 않
았다. 하지만 나는 고형 짜장을 쓰기보다는 춘장을 볶아서
만들었다. 춘장은 MSG가 덜 들어가서 큐브와는 다르게 훨
씬 더 중국집 짜장 맛을 낼 수도 있고 가격도 저렴했기 때문
이다. 춘장을 쓰면 공정이 조금 더 복잡해져서 귀찮지만, 이
렇게라도 아이들을 챙기고 싶은 마음이었던 것 같다. 미안한
마음도 달래면서 최대한 간단하게 만들고 싶은 나름의 자구
책이었는지도 모르겠다. 춘장은 마트에서 파우치 형태로 되
어있는 것을 구매했다.

아이들에게는 늘 미안했다. 특히 첫째에게 그랬다. 초등
학교에 들어가기 전이라 신경 쓸 부분이 많았지만, 그 당시
나는 시부모님과 사업 문제로 정신이 없었기에 아이들을 제
대로 챙길 수가 없었다. 여러 번 이사하면서 아이 방도 없어
졌고 우리 부부는 감정적으로 예민해졌다. 갑작스러운 변화
를 맞이한 아들에게 설명해 줄 여력이 없었다. 나조차도 이
상황을 이해할 수가 없어, 그저 따라야 한다는 통보만 했을
뿐이다. 아들은 남편과 내 눈치를 보기 시작했다. 미안하다
는 말을 달고 살았다. 우리 부부의 기분에 따라 어떤 날은 용
인되던 행동들이 어떤 날은 호되게 혼나는 일이 되기도 했
다. 우리 목소리가 조금이라도 가라앉으면 눈치를 봤고 우리

에게 화가 났는지 묻기도 했다. 나중에 상담 심리를 공부하면서 어렴풋하게 알게 되었다. 부모의 일관적이지 못한 양육 태도가 자녀에겐 불안정한 정서와 회피적인 태도를 유발한다는 사실을 말이다.

아이들에게 내가 제일 많이 했던 말은 "엄마도 엄마가 처음이라서 잘 몰라서 그래. 미안해."였다. 그러면 아이는 나에게 다음에도 화가 나면 숫자를 세어보라고 했다. 하나, 둘, 셋 숫자를 세다 보면 화나는 감정에서 빠져나올 수 있다며 말이다. 아이와 같이 보던 애니메이션에서 그런 비슷한 장면이 나왔다. 손가락을 구부리며 아이는 나에게 함께 숫자를 세어보자고 했다. 그런 아들에게 고마운 마음에 엄마가 앞으로 숫자를 세면서 노력을 많이 하겠다고 다짐했다. 속으로는 얼마나 숫자를 세어야 화가 풀어질지는 몰랐지만, 순간적인 분노에 휩싸이지는 않겠다고 맹세했다. 이 아이들은 눈앞에 놓인 문제들과는 아무 상관없는 귀하고 여린 존재들임을 잊지 않겠다고.

내게 숫자를 세는 방법은 어쩌면 음식을 만드는 일이었을지도 모른다. 재료를 손질하고, 칼질하고, 프라이팬을 휘두르면서 복잡한 생각을 피할 수 있었다. 특히, 아이들이 좋아하는 음식을 만들 때는 아이들만 생각했다. 그렇게라도 정성을 다해서 내 진심이 아이들에게 전해지기를 바랐다. 그것이 아이들을 향한 나만의 응원과 위로였다.

해물짜장밥 1인분

재료

춘장 100g, 소고기 100g, 채 썬 오징어 한 줌(30g), 생새우 한 줌(30g), 밥
1공기, 맛술 1큰술(15mL), 전분 물 전분 1큰술(15mL)+물 2큰술(30mL), 양파
½개, 감자 1개, 양배추 ⅛개, 설탕 1큰술(12g), 식용유

조리순서

1   모든 채소와 고기는 깍둑썰기(1㎝ 크기)로 준비한다.

2   팬에 식용유를 두르고 춘장 100g을 약불에서 타지 않게 2~3분 볶
    다가 설탕 1큰술을 넣는다.

3   볶은 춘장은 따로 두고 팬에 기름을 조금 더 두르고 감자, 양파, 양
    배추 순서로 볶는다.

4   채소가 살짝 익을 때 다진 소고기와 맛술 1큰술을 넣고 볶는다.

5   채 썬 오징어와 생새우를 넣어 함께 볶는다.

6   재료가 익으면 아까 볶아둔 춘장을 넣고 잘 섞으며 1~2분 볶는다.

7   물 100mL(½ 컵)를 붓고 끓기 시작하면 전분 물(전분 1큰술+물 2큰술)
    을 천천히 부어 농도를 맞추고, 되직해질 때까지 2~3분 끓인다.

8   밥 위에 짜장을 올리면 완성이다.

*
TIP 마지막에 오이를 채 썰어 올리면 개운한 맛이 난다.

참아야 한다면 참치마요

참치마요 오니기리

어느 늦은 저녁 신랑이 배고프다며 참치 오니기리를 요청했다. 참치 오니기리, 이름은 거창하지만, 참치 주먹밥에 양념을 발라 구운 요리다. 어릴 때 어머니가 자주 해주셨던 요리라 남편이 참 좋아한다. 참치 오니기리 속에는 참치 샐러드가 들어가는데, 이 참치 샐러드는 반찬으로도 먹고 삼각김밥으로도 만들어서 아이들에게 아침이나 간식으로 자주 해준다. 남편의 요청에 참치마요 오니기리를 만들고 있는데, 남편이 도와주러 왔다가 머스터드 소스가 뿌려진 참치를 보고 기함했다. "세상에 누가 머스터드를 뿌려!" 당황한 내가 남편을 쳐다보니 평소 잘 보이지도 않는 얇은 입이 삐죽삐죽 움직이고 있었다.

여태껏 만들어 준 참치 마요 오니기리에는 항상 머스터드 소스가 살짝 들어갔기에 나는 퍽 당황스러웠다. 맛있다고 먹을 때는 언제고 이렇게 화를 낼 수가 있단 말인가. 덩달아 내 감정도 요동치기 시작했다. 요동이 점점 커서 가슴 깊은 파동이 되었다. 하지만 아이들이 함께 있으니 애써 침착하게 상을 차렸고 아무 말도 없이 저녁을 먹었다. 오니기리에 손도 대지 않고 다른 반찬만 먹는 모습을 보니 부아가 치밀었다. 남편의 뚱한 표정을 보니 더는 참을 수가 없었다. 아들 녀석이 이상한 기류를 감지하고 다른 주제로 화제를 돌렸고, "지금 엄마 기분이 좋지 않으니까, 잠깐 엄마 혼자 있게 해 줄래?"하고 나는 아들에게 말했다.

한참 있다가 남편이 나에게 미안하다며, 요즘 신경 쓸 게 많아서 감정 조절이 안 된 거 같다고 사과했다. 별것 아닌 일로 정색하는 남편의 태도가 미워 사과를 받아주기 싫었다. 엄마의 분위기를 보니, 아빠의 사과를 쉽게 받아들일 것 같지 않음을 눈치 챈 아들이 옆에서 아빠에게 한마디 했다.

"그러니까 왜 그랬어. 아빠! 엄마 무안하게 왜 그랬어."

무안한 내 마음을 간파한 아들의 중재로 불타오르던 화가 조금은 누그러졌다. 그렇지만 내 마음이 당장 사과를 받아주고 싶지 않았다. 난 아무 말도 하지 않고 조용히 일기장을 펼쳤다. 잠시 후, 남편이 방으로 들어와 조용히 말했다.

 "아까는 내가 미안했어. 그렇게까지 말할 건 아니었는
데…… 화 풀어."

 혼자서 감정을 정리할 시간이 필요했다. 남편은 평소에 말
을 예쁘게 길하는 사람이다. 이야기도 잘 들어주고 누구보다
나를 잘 이해해 준다. 어떨 때는 나보다 더 나라는 사람에 대
해 잘 안다. 그리고 사소한 부분에도 항상 고마워한다. 남편
은 내 가장 친한 친구이자, 사랑하는 사람이자, 생사고락을
함께한 전우였다.

 그런 남편이 사업 후에 굉장히 예민해졌다. 감정 변화가
심해 화를 참기 힘들어했다. 남편도 인지하고 있었기에 화가
날 땐 제어해 보려 안간힘을 썼다. 남편이 노력하는 것도, 힘
들어하는 것도 잘 알고 있던 나는 그런 남편을 보니 다시 마
음 한구석이 짠해졌다. 그렇지만 내가 참기만 해서도 안 되
는 일이다. 똑같이 부딪히면 큰 싸움으로 번질 수 있으니 잠
시 내가 멈추기로 한다. 겉으로만 멈췄을 뿐 감정의 파도가
끝없이 밀려오고 부서지기를 반복했다. 그럴 때마다 일기를
썼다. 감정이 배설처럼 터져 나와, 한 장을 채우고 두 장을 넘
겼다. 요동치던 감정이 다시 멈추기를 기다렸다.

　다음 날 아침 남편이 조심스럽게 어제의 일들을 사과했다. 나는 일기장에 적어 놓은 말들을 꺼냈다. '머스타드처럼 아주 사소한 일을 가지고 버럭하는 모습에 무안했다. 사업이 그렇게 되고 늘 우리를 지지해 주시던 시아버님도 안 계셔 힘든 마음은 누구보다 잘 알지만, 언제까지 내가 참아야 하는 것도 아니라고 생각한다. 순간순간 어떤 마음인지 내가 다 알 수는 없지 않으냐. 나 또한 내 안에 매일 일렁이는 감정들을 조절하는 것이 벅차다. 게다가 그런 순간마다 당신의 눈치를 살피며 긴장해야 하는 것도 어렵다. 우리 둘의 문제로 아이들이 눈치를 봐야 하는 것도 안타깝다. 아이들에게 언제까지 아빠를 이해해 주자고 말해야 하냐. 이제는 그만했으면 좋겠다'라며 말이다.

　격해진 감정으로 쓴 일기의 내용들을 읽자 머스타드 하나로 촉발된 그간의 감정들이 터져 나왔다. 감정은 터져 나왔지만 마음은 시원하지 않았다. 남편의 엄마도 아닌데, 남편이 아이처럼 짠하게 느껴졌다. 본인도 노력하고 있는데, 잘 안 된다는 남편의 얼굴에서 큰아들의 표정이 보였다. 감정이 조절되지 않는 자신 때문에 제일 힘들어하는 건 누구도 아닌 남편이었다. 그 모습에 결국 나는 사과를 받아들이며 '우리'라는 단어 사이에 섭섭한 감정을 남기지 말자고 했다.

우리 부부는 우리만의 방식으로 서로를 이해한다. 지인들이 어떻게 그 결혼을 유지했냐고 물어보면 우리는 결혼 생활 동안 세찬 바람과 험한 파도를 견뎌 내야 했다고 답한다. 처음에는 시댁에 적응하느라 힘들었고 남편의 회사가 잘못되어 가정 경제가 파탄 났다. 돈 때문에 오랜 친구들을 잃었으며 시부모님은 아프셨고 아이들은 어렸다. 그런 모진 풍파에도 내가 이 결혼을 유지한 것은 누구보다 서로를 잘 알고 이해하고 있기 때문이었다. 서로를 아꼈기에 함께 고통을 피하지 않았고 서로를 위로하며 지금도 이겨내고 있다. 가끔 이렇게 부딪히기도 하지만 이런 과정을 통해서 다시 또 우리만의 견고한 틀을 만들고 있다. 말도 많고 탈도 많은 참치마요 오니기리는 더 나은 방향으로 우리를 이끄는, 전우애가 넘치는 전투식량이 되었다.

참치마요 오니기리 1인분

재료

밥 1공기(약 200g), 참치통조림 1개(85g), 도시락김(3장), 마요네즈 2큰
술(30g), 머스타드 1큰술(15g), 소금 한 꼬집, 참기름 1큰술(15mL), 간장
1큰술(15mL), 맛술 1큰술(15mL), 올리고당 1큰술(20g)

조리순서

1 참치통조림의 기름을 빼고 참치를 볼에 담은 뒤 마요네즈 2큰술,
   머스타드 1큰술을 넣고 섞는다.

2 따뜻한 밥에 참기름 1큰술과 소금 한 꼬집을 넣어 골고루 비빈다.

3 삼각 틀(또는 손)에 밥을 얇게 깔고 가운데 참치를 넣어 다시 밥으로
   덮는다. 틀에 꾹꾹 눌러 모양을 삼각형으로 만든다.

4 모양이 잘 잡힌 밥에 도시락 김을 가운데에 덧대어, 손잡이를 만
   든다.

5 팬에 간장 1큰술, 맛술 1큰술, 올리고당 1큰술을 섞어 만든 간장
   소스를 부어 잘 녹을 때까지 5분간 끓인다.

6 삼각김밥에 붓을 이용하여 소스를 골고루 바른다.

7 달군 팬에 식용유 약간 두르고, 오니기리를 앞뒤로 노릇하게 굽는다.

*
TIP 팬 대신 에어프라이어로 구우면 더욱 편리하다.

휴게소에서 영접하는 여행의 맛

굴림 감자

"나 그거 해 줄 수 있나? 감자!"

아들이 외친 감자라는 단어를 듣자마자 베란다로 나가서 정 여사가 지난 하지에 수확한 감자 중에 아주 튼실한 놈으로 몇 개 추렸다. 감자를 추리고 있는데 등 뒤에 아들의 말이 감자와 함께 겹쳐 들려온다.

"할머니가 키우시는 건 다 커! 감자도 크고, 고구마도 크고, 엄마도 크고!"

"그런 말은 솔직하게 말하지 말고 속으로 생각해."

다시 싱크대로 돌아와서 깨끗하게 감자를 씻으며 휴게소 감자 만들기 모드에 돌입한다. 휴게소의 꽃이라 할 수 있는 대표 먹거리 휴게소 감자. 동그랗게 잘 깎은 감자를 프라이 팬에 구워 소금과 설탕을 뿌려 먹는 간식으로, 휴게소를 지나면서 안 사 먹어 본 사람이 없을 것이다. 집에서 해 먹으면 아이들 간식으로도 좋고 맥주와도 잘 어울려 어른들을 위한 술안주로도 손색없다.

우리 가족은 여행을 좋아한다. 그래서 장거리 여행 때마다 들리는 휴게소도 너무나 사랑한다. 우리에겐 휴게소를 들리는 것부터가 여행의 시작이다. 오징어, 쥐포, 소떡소떡, 핫바……. 많은 휴게소 먹거리가 있지만, 우리가 가장 사랑하는 건 바로 감자였다. 코로나로 전국이 격리된 시기, 학교도 가지 못 하는 아이들을 위해 간식으로 휴게소 감자를 만들어 주었다. 학교도 여행도 갈 수 없는 특수한 상황이고 온 가족이 외식하기도 쉽지 않은 상황에 기분만이라도 휴게소 기분을 만들어 주고 싶었다.

아이들에게 세라믹 칼을 쥐여 주고는 감자를 씻어 껍질을 까도록 했다. 먹고 싶은 만큼 씻으라 했더니 아이들은 5kg이나 되는 상자 하나를 꺼내어 그 안에 있던 감자를 모두 싱크대에 담갔다. 아이들은 신났고 나도 아이들의 흥이 깨지지 않도록 열심히 감자를 깎았다. 감자를 토막 내고 보니 예상보다 양이 너무 많아 나는 곧바로 프라이팬 두 개를 꺼냈다. 프라이팬에 올리브유를 두르고 감자를 넣어 뚜껑을 닫았다. 타닥타닥 감자가 구워지는 소리와 뚜껑에 흐르는 물이 증기의 역할을 하면서 쫘—소리가 퍼진다. 아이들은 뚜껑을 열었다가 닫았다가, 감자를 포크로 찍었다가 내려놓기를 반복하며 감자가 다 익기를 기다렸다. 한참을 기다린 후에야 드디어 휴게소 감자가 완성되었다. 노릇노릇하게 구워진 감자의 표면이 짭짤하게 입맛을 돋우었고, 휴게소에서 방금 사서 먹은 느낌 그대로였다. 바삭한 겉면을 한입 베어 물면, 안쪽에 촉촉하고 포슬포슬한 감자가 입안으로 들어왔다가 순식간에 사라진다. 입안에서 느껴지는 부드러움은 으깬 감자 질감에 가깝다. 이때 우유를 마시면 차가운 우유가 뜨거운 감자로 놀란 혓바닥을 다독여 준다. 그렇게 너도나도 먹다 보면 그 많던 감자가 순식간에 사라진다.

코로나 확산으로 사회적 거리 두기가 한창일 때 갑갑하고 걱정되는 마음을 음식으로 달랬다. 마치 실향민들이 고향이 그리워 고향 음식으로 마음을 달래는 것처럼, 우리도 휴게소 감자를 먹으며 코로나를 잠시 잊었다. 나는 빨리 코로나가 종식되기를 바라는 마음에 아이들에게 거리 두기가 끝나면 제일 먼저 무엇을 하고 싶은지 물었다. 아이들은 여행을 가고 싶다고 말했다. 큰아들은 속초로, 작은딸은 비행기 타고 해외여행을 가고 싶다며. 나와 남편은 조금만 더 견디면 코로나가 끝나는 날이 올 거라고 답했다. 그때는 즐겁게 학교에 가서 친구들도 만나고 운동장에서 축구도 할 수 있고, 자유롭게 여행하는 시간이 곧 올 거라며 잠시만 기다리자고 했다.

굴림 감자 `4인분`

재료
감자 4~5개(약 800g) , 식용유 ½컵(100mL) , 물 4큰술(60mL) , 소금 또는
설탕 약간(기호에 따라 선택한다)

조리순서

1 감자는 껍질을 벗기고 물에 살짝 씻은 뒤 한 입 크기(3~4㎝ 정도)로
   썰어 준비한다.

2 넓은 팬에 식용유를 넉넉히 두르고 중불로 예열한다.

3 감자를 팬에 골고루 펼쳐 넣고 겉면이 노릇노릇해질 때까지 굴려
   가며 익힌다.

4 팬 뚜껑을 덮고 중약불에서 감자를 다시 익힌다.

5 중간에 감자가 탈 것 같으면 가장자리에 물 1~2큰술씩 두 번 나눠
   넣고 다시 뚜껑을 덮는다.

6 감자가 속까지 익으면 불을 끄고, 그릇에 담아 소금이나 설탕을
   기호에 맞게 솔솔 뿌린다.

*

TIP 감자를 젓가락으로 찔렀을 때 부드럽게 들어가면 감자가 잘 익은 상태
     이다.

안달복달하게 하는 맛

콩나물 북엇국

기옥 씨의 제사가 있던 날이었다. 요즘 부쩍 체력이 약해진 정 여사를 위해 아침 일찍 일어나 제사 준비를 하고 있었다. 기옥 씨가 좋아하던 잡채와 전을 준비하고, 탕국을 끓이기 위해 국거리용 소고기를 씻으며 핏물을 제거하고 있었다. 그때 '띠리릭 찰칵' 소리와 함께 잠금장치가 열리고 언니가 들어왔다.

"왔어? 생각보다 일찍 왔네."
"나 죽을 것 같아! 어제 술 너무 많이 먹었나 봐. 잠깐만 누웠다가 일어날게."

한눈에 봐도 숙취에 시달리는 얼굴을 한 언니가 방으로 들어갔다. 그때 옆에 있던 정 여사가 아무래도 안 되겠다며 갑작스레 이 반장님을 소환했다.

"시장 가서 콩나물 한 봉지만 사다 주소!"

잠시 후 이 반장님이 들고 온 검은 봉지에는 콩나물이 한가득 담겨져 있었다. 매일 티격태격 안달복달하는 사이이지만, 밥도 못 먹고 쓰러져 있는 딸이 걱정되었던 모양이다. 나는 "내가 얼른 끓일 테니, 정 여사는 가서 쉬어." 하고 말하며 노부부의 마음이 담긴 까만 봉지를 받아들고 부엌으로 향했다.

콩나물을 보며 나는 콩나물 북엇국을 떠올렸다. 들기름에 북어를 볶다가 보면 타닥타닥하는 소리가 들린다. 커피 볶는 소리 같기도 하고, 낙엽 타는 소리 같기도 한 그 소리를 들으면, 볶는 행위 자체에 집중하게 된다. 그런 타닥타닥하는 소리가 안달복달하는 부모 마음처럼 느껴질 때가 있다.

타닥 타닥 밤새 날이 쌀쌀했는데 잠은 잤는지.
타닥 타닥 속병이 나지는 않았는지.
타닥 타닥 내가 모르는 걱정으로 속 끓이지는 않는지.

타닥 타닥하는 소리에 안달복달 애태우는 엄마의 마음을 태워 보낸다. 다시 나는 빠르게 물을 붓고 콩나물 북엇국을 준비했다. 마지막에 청양고추를 썰어 칼칼하게 끓일 수도 있었지만 정 여사님의 딸은 매운 걸 좋아하지 않기에 청양고추 대신 콩나물을 그냥 막 넣었다. 침대에 힘없이 누워 있는 언니를 일으키며, 대접에 북어와 콩나물을 한가득 담았다.

"아우. 이게 들어가네. 들어가"

언니가 연거푸 국물을 들이켰고, 언니의 이마에 송골송골
맺히는 땀이 맺혔다. 땀이 난다는 건 몸속에 남아있던 술독
이 서서히 빠져나가다는 신호이기도 했다 북엇국 한 대접을
다 비운 언니에게 정 여사와 이 반장님이 얼마나 걱정했는지
아느냐면서 속이 풀릴 때까지 한 그릇 더 먹으라고 했다. 그
리고는 정 여사에게 북엇국 한 솥 해놨으니 걱정하지 말고 다
음 날도 챙겨주라고 말했다. 안달복달 뜨끈한 북엇국이 든든
한 위안이 되기를 바란다.

콩나물 북엇국 1인분

재료

북어포 한 줌(15g), 콩나물 50g, 북어 대가리·뼈 약간, 두부 ¼모, 다진 마늘 1큰술(20g), 들기름 1큰술(15mL), 새우젓 1작은술(4g), 국간장 1큰술(15mL), 액젓 1큰술(15mL), 무 ¼개, 양파 ¼개, 대파 한 줌, 소금 한 꼬집

조리순서

1   무, 양파, 대파는 채 썰고 북어포는 뼈를 제거해 살을 잘게 찢어 물에 살짝 불린다.

2   북어 대가리와 뼈를 조리망에 담아 준비한다.

3   냄비에 들기름 1작은술을 두르고 다진 마늘과 찢은 북어를 넣어 1~2분간 달달 볶는다.

4   물(500mL)을를 붓고 조리망(북어 대가리 포함)을 넣어 중불에서 10~15분간 육수를 우린다.

5   조리망을 건지고 무, 양파, 콩나물을 넣어 5분간 끓인다.

6   새우젓, 국간장, 액젓을 넣어 간을 하고 필요시 소금으로 추가 조절한다.

7   마지막에 다진 대파와 두부를 넣고 2~3분간 더 끓인다.

*

TIP   북어를 볶을 때 양파와 무를 함께 볶으면 맛이 깊어진다.

먹으면 또 먹고 싶어서 기운이 나

깻잎전

백전백승 百戰百勝. 백 번 싸워서 백 번 모두 승리한다. 나에게는 '백전백승' 하면 떠오르는 음식이 있다. 바로 깻잎전이다. 여태껏 깻잎전을 맛없다고 한 사람은 단 한 명도 없었다. 어떤 지방에서는 깻잎을 밀가루에 묻혀 튀긴 음식을 깻잎전이라고 부른다지만, 내 스타일은 고기소를 깻잎에 넣고 달걀물을 입혀 부치는 방식이다. 깻잎전은 명절에 빠지지 않고, 집에 손님이 오면 꼭 대접하고, 가족 생일날에도 빠짐없이 올리는 음식이다. 양가 식구 모두가 깻잎전을 좋아한다.

깻잎전을 만들 때, 소를 깻잎 안에 채워 넣는 건 단순해 보여도 의외로 시간이 오래 걸렸다. 음식을 만들 때마다 생각한다. 과정이 귀찮고 힘들지만, 그 음식을 먹고 좋아해 줄 소중한 누군가를 생각하면 과정이 한결 고상하게 느껴진다. 그러나 양이 많을 때는 고상함은 잠시 접어두고 함께 하는 즐거움이라는 명목하에 아이들에게 외주를 맡긴다. 명절이니까, 손님들도 오시니까, 너희들이 좋아해서 만드는 거니까 함께 해야 한다는 명분을 줬다. 아이들은 비닐장갑을 끼고 앞치마를 두르고는 묵묵히 깻잎 소를 만든다. 작은 손들이 조물조물 야무지게 잘도 만든다. 밀가루가 흩날리고 바닥엔 깻잎에서 털어낸 물기가 흥건하고, 깻잎 꼭지가 여기저기 나뒹굴어도 괜찮다. 함께하는 시간이 그저 좋을 뿐이다. 만들면서 학교 이야기, 친척 이야기, 드라마 이야기, 축구 이야기까지 쉴 틈 없이 나누다 보면 어느새 한두 시간이 훌쩍 지나있고 쟁반 위에 깻잎들이 수북이 쌓여 있다.

  깻잎을 달걀물에 입혀서 노릇하게 구워 제일 먼저 아이들에게 건넨다. 아이들은 뜨거운 깻잎전을 젓가락으로 집어 한 손으로 끝을 잡고 호호 불어가며 먹는다. 갓 부친 깻잎전을 베어 물면 입안 가득 향긋한 깻잎 향이 퍼지고, 기름의 느끼한 맛은 깻잎이 깔끔하게 눌러준다. 육즙이 입안에서 톡 터지며 풍미를 더 하고 당근과 양파의 단맛이 씹을수록 더해진다. 익숙한 맛이지만 늘 먹어도 늘 새롭다. 먹을 때마다 깻잎의 노예가 된다. 방어할 수 없는 본능적인 맛이다. 그 본능을 따르다 보면, 어느새 다음 전을 부치고 있는 나를 발견한다. 깻잎전은 손이 많이 가는 음식이라 한 번 만들 때 많이 만들게 된다. 만든 깻잎전은 친정에도 시댁에도 나눠준다. 혹시라도 남은 깻잎전이 상할 수 있기에 며칠 상관으로 먹을 양은 냉장실에 넣어두고, 나머지는 냉동실에 보관한다. 나중에 꺼내 먹을 때는 에어프라이어에 돌리면 기름기를 쫙 빼고 태운 듯 바싹하게 구워진 깻잎전을 다시 만날 수 있다.

깻잎전은 시대만의 시그니처 명절 음식이다. 결혼 후 첫 명절을 보내고 깻잎전과 녹두빈대떡을 친정에 가져갔던 날이 생각난다. 명절엔 늘 명태전만 먹던 언니가 깻잎전을 보고 신기해하며 물었다. "이게 무슨 전이야?" 언니는 자연스럽게 깻잎전을 집어 먹더니 두 눈을 크게 뜨고 말했다.

"너희는 이런 거 먹고사는 거야?"

너무 맛있어서 부러워서 하는 말이다. 옆에 있던 정 여사가 한입 먹더니 할머니께도 드리자며 깻잎전을 접시에 옮겨 담았다. 기옥씨는 한 접시를 후딱 비우더니 더 가져오라고 했다. 그 뒤로 기옥 씨의 생일이면 깻잎전을 만들었다. 깻잎의 향이 은은한 듯 존재감 있게 기름의 느끼함을 잡아 줘서 그런지 깻잎전은 먹어도 먹어도 질리지 않았다. 반찬으로도, 술안주로도, 아이들 간식으로도 좋다. 어디든 어울리는 조화로운 음식이고 구색을 갖추기도 좋다. 특히나 한번 먹으면 또 먹고 싶어지는 마성의 매력을 가졌다.

열대야로 무더웠던 어느 날 밤, 나는 불쑥 친정을 찾아갔다. 대문을 열고 집으로 들어서자 놀란 엄마가 웬일로 왔냐고 물었다.

"방금 만든 깻잎전 가져왔어. 하나 잡숴 봐~!"

놀란 엄마의 눈이 동그래지더니 방 안에서는 이 반장님이 문을 열고 나왔고 퇴근 후 침대에 누워 기진맥진하던 언니도 오뚝이처럼 튕겨져 일어나 식탁 앞에 앉았다. 한번 맛보면 그 맛을 잊을 수 없고, 또 먹고 싶어서 기운이 나는 맛. 진정한 응원전은 깻잎전이 아닐까 싶다.

깻잎전 4인분

재료

깻잎 40장, 돼지고기 다짐육 300g, 밀가루 3큰술(24g), 달걀 물(달걀 5개), 식용유, 참기름 1큰술(15mL), 간장 2큰술(30mL), 맛술 1큰술(15mL), 다진 마늘 1큰술(20g), 양파 1개, 당근 ½개, 표고버섯 3~4송이, 두부 ½모, 소금 두 꼬집, 후추 한 꼬집

조리순서

1   깻잎 40장을 깨끗하게 씻고 꼭지를 자른다.

2   돼지고기 다짐육에 간장 1큰술, 맛술 1큰술, 다진 마늘 1큰술, 소금, 후추를 넣고 버무린다.

3   양파, 당근, 표고버섯은 잘게 다지고 두부는 물기를 제거한다.

4   큰 볼에 고기, 채소, 두부, 간장 1큰술, 소금 한 꼬집을 넣고 섞는다.

5   깻잎 한 장에 속을 얇게 펴 바르고 세로축을 중심으로 반 접는다.

6   만든 깻잎에 밀가루를 앞뒤로 묻혀 벌어지지 않게 고정한다.

7   깻잎을 달걀물에 담근다.

8   팬에 식용유를 두르고 중불에서 앞뒤로 노릇하게 부친다.

게장에 대한 예의

양념게장

남편과 거실에서 이런저런 이야기를 나누고 있었다.

"오늘 문자 받았는데, 우리 옛날에 자주 가던 식당에서 할
인한다더라. 거기 간장게장 진짜 맛있었는데⋯⋯."

그때 갑자기 철커덩 소리와 함께 방문이 열리더니 쿵쿵 타
다닥, 아들이 뛰쳐나왔다.

"아빠. 나 거기 너무 가고 싶어! 간장게장 먹으려고 누나랑
용돈도 모았어."

"정말? 누나랑? 언제부터 모았던 거야?"

"지난번부터 너무 가고 싶었어!"

친척 누나와 함께 모았다며 얼굴이 발그레해진 아들이 자
신과 꼭 닮은 돼지 저금통을 내밀었다. 쨍그랑 촤르르. 반짝
이는 동전들이 쏟아지는 소리에 아들의 간절한 마음이 느껴
진다.

띠링! 다음 날 남편에게서 연락이 왔다.

[줄 서서 먹는 맛집! ○○○ 간장게장]

아들이 먹고 싶다며 용돈을 모았다는 이야기에 남편이 근처 맛집을 검색한 것이다. 당장 오늘 가자고 하더니 잠시 후 문자 한 줄이 더 날아왔다.

[장모님도 간장게장 좋아하시니까 같이 모시고 가자!]

그렇게 갑자기 간장게장 모임이 결성됐다. 아들을 픽업해서 친정 부모님을 모시고 게장집으로 향했다. 한눈에 보기에도 범상치 않은 기운이 느껴진다. 인적 드문 도로 한쪽에 자리한 식당은 허름한 외관에 붉은 네온 간판이 빛나고 있었다. TV 맛집으로 소개되었다는 입간판이 숨은 노포 맛집임을 짐작케 한다.

자리에 앉자마자 우리는 무한리필 세트를 인원수대로 주문하고 두 테이블로 나누어 앉았다. 제일 먼저 눈에 띄는 건 오늘의 메인 메뉴, 간장게장이었다. 큰 접시에 가득 담긴 간장게장은 보기만 해도 군침이 돌았다. 등딱지와 분리된 속살은 간장을 머금어 투명하게 빛났고 그 위로 파릇파릇한 쪽파가 토핑처럼 올라가 있어 더욱 먹음직스러웠다.

맛있게 먹겠다는 비장한 각오로 비닐장갑에 바람을 후 하
고 불어 내 손에 딱 맞게 꼈다. 활처럼 휜 검은 가위를 집어 들
고 가운데를 기준으로 열십자 모양으로 4등분한다. 한입에
들어가기 좋게 하기 위함이다. 앞발을 들고 한입 가득 게를
베어 문다. 오도독 밀려 나오는 게살을 더 깊숙이 느끼기 위
해 스읍스읍 강하게 게장을 빨아들인다. 비린내가 전혀 느끼
지 않는 신선한 게장의 맛이다. 짠맛도 느껴지지 않아 게 한
마리가 순식간에 없어졌다. 고개를 돌려 등딱지를 집어 든
다. 모락모락 김이 나는 하이얀 쌀밥을 크게 떠서 등딱지 안
으로 밀어 넣고 비빈다. 함께 나온 노란 날치알도 살짝 뿌려,
쓱쓱 비빈다. 밥이 으깨지지 않도록 얼기설기 섞은 후, 밥알
이 떨어지지 않도록 마른김 이불로 돌돌 말아 입안에 넣는
다. 작은 눈이 놀란 토끼처럼 커지는 순간 고개를 들고 남편
을 쳐다봤다. 눈이 마주친 남편은 알고 있다는 듯 고개를 끄
덕인다. 게장에 집중하느라 아들과 부모님이 잘 드시고 있는
지 살피지 못했다. 역시 게장의 맛은 이성을 마비시킨다. 아
들은 게장 살을 손으로 쭉쭉 짜내어 밥그릇에 넣고 비비고 있
었다. 나는 말없이 그릇을 들어 동그란 날치알들을 밥 위에
후드득 털었다. 아들은 내게 엄지손을 들어주었다.

나도 모르게 손이 게장 위로 올라가던 찰나, 옆에 놓인 빨

갖다 못해 거뭇거뭇한 양념게장을 보았다. 마찬가지로 가위로 잘라 입안 가득 베어 물었다. 세상에나 매콤한 양념과 달콤한 양념이 거문고 줄 팅기듯이 왔다 갔다 진동하는 맛이다. 연신 '어머머'를 외쳤다. 매운 양념게장이 더욱 매워져 불이 날 것 같아, 급하게 쌀밥 한 숟가락으로 혀를 진정시키고, 같이 나온 꽃게탕 두부를 건져 입안에 걸쳐 놓았다. 꽃게가 신선해서 그런지 양념게장 또한 비리지도 않고, 맛있게 매웠다. 빨간 양념을 쪽쪽 빨고 있는데 누군가의 시선이 느껴져 고개를 들었다. 정 여사와 이 반장님께서 신기한 듯 나와 아들을 번갈아 보면서 말씀하셨다.

"너네는 그게 그렇게 맛있냐. 진짜 네 아들 맞다. 둘이 똑같이 잘 먹네!"

정 여사가 간장게장을 살포시 아들 밥그릇에 얹어주셨다. 말 안 해도 그 손길에 애정이 묻어났다. 아들과 나는 서로 눈을 찡긋하고 다시 게장에 집중했다. 이번에는 함께 나온 꽃게탕에 간장게장을 넣었다. 보글보글 끓어오르는 꽃게탕에 거품을 걸어 내고 잘 익은 꽃게를 먹었다. 푹 익은 꽃게가 간장게장과 다르게 잘근잘근 부드럽게 씹혔다.

'아! 그래서 꽃게탕만 먹으러 또 가고 싶다는 리뷰가 많았구나!'

처음에는 심심했던 꽃게탕이 간장게장을 넣고 끓이니 간이 이리도 길 맞을 수기 없었다. 뜨거운 꽃게탕 국물을 후루룩 마셨더니, 또르륵 땀이 흘러내렸다. 한 접시를 다 비우고 두 번째 접시마저 끝낸 우리는 드디어 숟가락을 내려놓았다. 게장으로도 배를 채울 수 있다는 것이 놀라웠다. 옆에서 누군가 말했다.

"간장게장이 맛있어? 양념게장이 맛있어?"
"아~ 그건 질문이 잘못된 것 같아. 둘 다 모두 신선하고 서로 다른 매력이 있어서 선택할 수가 없어. 그건 호불호의 문제도 아니야. 고민할 시간에 한 개 더 먹는 게 게장에 대한 예의지. 그냥 있는 그대로 게장을 받아들이자!"

가게 문을 열고 나서자 신선한 저녁 공기가 입안 가득한 간장 향을 시원하게 씻겨 주었다. 내 옆에는 잔뜩 부푼 배를 두드리는 아들, 그 옆에서 손자의 배를 흐뭇하게 바라보는 이 반장님, 그리고 카드 영수증을 쥔 사위를 애틋하게 쳐다보는 정 여사가 있었다.

양념게장 `2인분`

재료

냉동 꽃게 2마리, 소주 한 잔(50mL), 참기름 1큰술(15mL), 매실액 2큰
술(30mL), 맛술 1큰술(15mL), 다진 마늘 1큰술(20g), 다진 생강 1큰술
(15g), 진간장 3큰술(45mL), 설탕 1큰술(12g), 통깨 1큰술(6g), 고춧가루
3큰술(18g), 다진 쪽파 한 줌

조리순서

1   냉동 꽃게는 소주 한 잔을 살짝 붓고 1시간 이상 해동한다.

2   해동한 꽃게 몸통을 4조각으로 자르고, 다리 끝부분을 제거한다.

3   고춧가루 3큰술, 매실액 2큰술, 맛술 1큰술, 진간장 3큰술, 설탕
    1큰술, 다진 마늘 1큰술, 참기름 1큰술, 다진 쪽파 한 줌을 섞어 양
    념장을 만든다.

4   준비한 꽃게에 양념장을 고루 버무리고 통깨를 올려 마무리한다.

*
TIP 고춧가루는 고운 고춧가루를 넣어야 보기에도 좋고 먹기에도 좋다.
TIP 냉장고에서 최소 6시간~최대 24시간 숙성하면 양념이 잘 밴다.

오늘의 야매요리상

돈코쓰라멘

    오늘의 저녁 메뉴를 고민하다가 문득 생각했다. 엄마의 숙명이란 무엇일까. 아마도 '오늘 뭐 먹지?'라는 고민 아닐까. 아침을 준비하면서 점심을 걱정하고, 점심을 준비하며 저녁을 고민한다. 저녁 식사를 마친 후 잠들기 전엔 간단히 먹을 내일 아침 메뉴를 또 생각한다. 특히 아이들이 방학일 땐 하루가 밥 짓다 끝나버린다. 엄마의 삶은 기쁘지만 반복되는 일상에 지칠 때가 많다. 게다가 어렵게 메뉴를 정해도 가족 모두를 만족시키기란 쉽지 않다. 누구는 먹고 싶은 메뉴여도 다른 누군가는 싫다 하고, 다른 사람이 좋아하는 메뉴는 또 누군가에겐 별로다.

    누군가 내게 엄마들의 끼니 챙기기는 박사급이라고 말했지만, 나는 박사'급'이 아니라 박사학위를 받아야 한다고 생각한다. 아니면 경영관리 자격증이라도. 밥이 뭐 그리 대수냐고 할 수도 있지만 인간사는 잘 먹고 잘 자는 게 전부다. 마음이 편치 않으면 먹고 자는 것부터 무너지니까.

아이들이 처음 만나는 어른은 바로 나다. 세상에 나가 한 번씩 꺾일 때마다 엄마가 주는 따뜻하고 든든한 응원을 잊지 않도록, 그 힘으로 결국엔 이겨낼 수 있다는 걸 말하지 않아도 느끼게 해주고 싶었다. 내가 늘 그렇게 살아온 것처럼 말이다. 무엇을 먹일까 고민하다가 집에서도 돈코쓰라멘을 흉내 낼 수 있다는 유튜브 영상을 보게 되었다.

'그래! 오늘 저녁 요리는 야매 돈코쓰라멘이다.'

고민 끝에 이거다 싶어 바로 실행해 옮겼다. 돈코쓰라멘은 돼지뼈를 우리는 것부터 시작인데, 집에서도 간단히 흉내 낼 수 있다니 신기했다. 다행히 필요한 모든 재료가 냉장고에 있어서 나는 앞치마를 촤라락 두르고 허리를 단단히 조이며 각오를 다졌다.

모락모락 김이 나는 국물을 한 숟가락 크게 떠 넣었다. 놀랍게도 된장의 맛이 잘 우러나와 오랫동안 곰삭은 돼지뼈의 진한 맛이 느껴졌다. 아삭한 숙주와 라면을 젓가락으로 휘휘 돌려 한입 가득 넣었다. 입안 가득 오독오독, 와그작와그작 나물 씹는 소리가 울려 퍼진다. 잘 삶은 달걀에 노란 국물을 살포시 끼얹는다. 짭조름한 국물이 노른자에 스며들어 씹을 때마다 파근파근해진다. 이번에는 조미김을 면에 싸서 얼굴이 찌그러질 만큼 입을 크게 벌려 넣는다. 후루룩후루룩 면치는 소리와 함께 고개가 흔들린다. 아이들은 순식간에 한 그릇을 뚝딱 비웠다. 역대급이라는 칭찬이 돌아왔다. 속으로 생각했다. 역시 라면은 언제나 옳구나!

  야매요리이지만 진한 내 응원이 아이들에게도 전해지기를 바란다. 다양한 시도를 거친 엄마표 야매요리는 응원 임무는 오늘도 대성공이다.

돈코쓰라멘 1인분

재료
삼겹살 1줄(약 30g), 미소된장 1큰술(18g), 다진 마늘 1작은술(7g), 숙주
1줌(약 50g), 사리곰탕면 1개, 삶은 달걀 반 개, 도시락 김 2장, 마늘 2알,
다진 파 약간

조리순서
1   냄비에 기름을 아주 살짝 두르고, 삼겹살을 노릇노릇하게 굽는다.

2   구운 삼겹살에 미소된장 1큰술, 다진 마늘 1작은술을 넣고 삼겹
     살 기름에 살짝 볶아 향을 입힌다.

3   구워진 삼겹살에 물(500mL)와 사리곰탕면 1개를 넣고, 끓인다.

4   국물이 끓기 시작하면 면을 먼저 건져내고, 같은 국물에 숙주를
     넣고 1~2분간 더 끓인다.

5   그릇에 면을 담고 그 위에 숙주와 삼겹살을 차례로 올린다.

6   국물을 붓고 삶은 달걀 반쪽, 도시락 김, 다진 파를 올린다.

*
TIP   참깨를 갈아서 올리면 풍미가 좋다.

오늘의 응원 한 상
장어구이

며칠 전이었다. 아들이 식탁에 다가와 조용히 말했다.

"엄마, 장어덮밥 먹고 싶어요."
"저녁 먹은 지 얼마 안 됐잖아. 지금은 너무 늦어서 안 되고, 내일 엄마가 장어 사다가 해 줄게. 많이 먹고 싶나 보네."

당장 먹을 수 있을 줄 알았던 아들의 얼굴에 실망한 기색이 스쳤다. 아들은 요즘 부쩍 크려는지 장어와 같은 고단백 음식을 찾았다. 아들은 내일 꼭 해 달라며 방으로 돌아갔다. 다음 날 아침 등굣길에 집을 나서던 아들이 다시 말했다.

"엄마. 오늘 저녁에 장어 꼭 구워 줘야 해."
"응! 있다가 엄마가 장 보고 해 줄게. 학교 잘 다녀와."

아들은 환한 웃음을 보이며 대문을 나섰다. 대문 높이만큼 자란 아들의 뒷모습을 바라보며 생각했다. 어릴 적엔 그렇게 밥 먹기 싫어하던 녀석이었는데 어느새 자라서 이제는 아침에 저녁 메뉴까지 주문하고 가다니. 흘러간 시간이라는 게 참 신기하게 느껴졌다. 그리고 자꾸만 아들의 뒷모습이 아른거렸다.

'엄마는 아들이 처음 사랑하는 존재이고, 아들은 엄마의 마지막 사랑이다.'

어떤 글에서 이런 말을 읽은 기억이 났다. 예전에는 이 말의 의미를 전혀 이해하지 못했다. 아이들의 우주는 엄마다. 그래서 엄마는 마지막까지 아이들의 우주를 생각한다. 지금은 이 말만 떠올려도 애틋함에 울컥한다. 힘들었던 시간도 이 말 덕분에 버틸 수 있었다. 결국, 아이들이 나를 성장시킨 셈이다. 그렇기에 나는 아이에게 할 수 있는 최선을 다하고 싶다. 그렇다고 나 자신을 버리고 아이만을 생각하겠다는 건 아니다. 아이를 올바른 어른으로 자라게 하고 스스로 독립할 수 있도록 돕는 것이다. 아마 대부분 엄마들은 이 마음을 잘 알 것이다.

이상하게도 내 나름의 응원이자 사랑의 방식은 따뜻하고 정성 어린 한 끼를 주는 것이다. 먹는 것은 1차원적이고 직관

적이지만 이렇게 따뜻한 한 끼를 해 주는 엄마가 있다는 걸 굳이 말하지 않아도 느끼게 하고 싶었다. 그래서 더욱 아이들이 먹고 싶은 음식으로 밥상을 차리는지도 모르겠다. 조금만 시간이 지나면 아이들과 함께한 저녁 시간이 그리워지는 날이 올 것이다. 그 순간을 위해 오늘도 열심히 든든한 한 끼를 준비해 보련다. 오늘 엄마의 응원 요리는 '너를 위한 장어구이'라고 이름을 붙였다.

서둘러 마트에 달려가 손질된 장어를 샀다. 석쇠에 장어를 구우면 화력도 좋고 기름도 잘 떨어져서 담백한 장어구이를 만들 수 있다. 그러나 집에 있는 인덕션으로는 석쇠의 맛을 따라갈 수 없기에 최대한 스테인리스 팬을 달구어 비슷한 맛을 내려고 노력했다. 팬에 올리브유를 살짝 두르고 장어를 올리자 장어가 몸을 비틀며 구워지기 시작했다. 장어의 몸부림에 순간 미안한 마음이 들었지만, 속으로 '맛있게 잘 먹이고 힘나게 할게'라며 장어의 헌신을 잊지 않겠다는 다짐했다.

기름이 올라오며 장어가 노릇노릇하게 익어갔다. 노릇해진 장어를 적당한 크기로 잘라 접시 담자 아들이 냄새를 맡고 식탁에 앉았다. 밥상도 차리기 전에 아들은 장어 한 접시를 순식간에 해치웠다. 놀란 나는 "조금만 기다려." 하며 남은 장어를 다시 굽기 시작했다. 아들은 물개박수를 치며 맛있다고 했다. 아들의 기대에 부응하고 싶어 열심히 장어를 구웠다. 아들 입에 장어가 들어가는 모습을 보는 것만으로도 행복했다. 기옥 씨의 표현에 따르면 "오저 죽겠다." '오지다'는 마음이 흡족하여 흐뭇하다는 뜻일 것이다.

엄마의 마음이란 다 그렇다. 맛있게 먹고 열심히 커 주어서 고마운 마음뿐이다. 오늘의 응원 요리도 대성공을 거두었다.

장어구이 1인분

재료

손질된 장어 1마리(약 300g), 진산상 3큰술(45mL), 맛술 2큰술(30mL), 설탕 1큰술(12g), 물엿 1큰술(20g), 생강 2~3편, 다시마 1조각(5×5cm), 식용유

조리순서

1 종이행주로 장어 표면의 점액을 최대한 닦는다.

2 장어의 뼈와 질긴 조직을 부드럽게 하기 위해 껍질 반대편에 가로로 가늘게 여러 번 칼집을낸다.

3 냄비에 간장 3큰술, 맛술 2큰술, 설탕 1큰술, 물엿 1큰술, 생강, 다시마, 물(200mL)을 넣고 중약불에서 10~15분간 자작하게 졸여 간장 소스를 만든다.

4 소스는 양이 반 정도로 줄고, 흘러내리지 않을 정도의 점도면 완성이다.

5 팬에 식용유를 두르고 중불에서 장어를 앞뒤로 뒤집으며 초벌구이를 한다.

6 초벌된 장어에 간장소스를 덧바르며 굽는다.

7 장어는 앞뒤로 2~3번씩 소스를 입히고 진한 색이 날 때까지 굽는다.

*
TIP 생강을 아주 얇게 채 썰어 함께 먹으면 풍미가 좋다.

4장

자신을 있는 그대로 사랑하는 한 입

위로를 전하는 국

북어 배춧국

가을에서 겨울로 넘어가는 계절에는 항상 뜨끈하게 몸을 덥혀 주는 배춧국이 생각난다. 이때쯤에는 무와 배추가 굉장히 단단하고 달큼해 별다른 재료를 넣지 않아도 감칠맛이 난다. 우리 집 특제 배춧국은 다른 집과는 조금 다르다. 살짝 우거지 갈비탕을 연상하게 한다. 뭉근하게 오래 끓인 배춧국을 한 그릇 크게 떠 먹으면 몸속 혈관들이 확장되며 땀이 흐르고 콧물이 살짝 흐르기도 한다. 그러면 그 순간 몸은 개운하고 속은 든든하다. 배를 든든히 채우고 나면 오늘도 수고했다고 스스로에게 위로를 건네는 느낌이 든다. 온몸의 근육들이 풀리고 답답한 마음도 뻥 뚫린다. 스산한 계절에는 배춧국만 한 것이 없다.

옛 동네의 친구에게 큰 문제가 생겼다. 그때도 계절이 가을에서 겨울로 넘어가는 시기였다. 그 문제는 부부간의 신뢰가 깨지는 문제였고, 그녀 혼자 감당하기 힘든 문제였다. 혹시라도 그녀가 정신을 놓을까 걱정되었다. 나는 그녀 옆에서 이야기를 들으며 어떤 결정을 내리더라도 네 편이라고 말했다. 동시에 나는 마음속으로 내가 이 이야기를 듣고 잊어버리기를 바랐다. 혹시라도 그녀의 비밀이 다른 사람에게 새어 나가지 않도록, 그녀가 상처받지 않도록 그 비밀을 꼭꼭 마음 깊이 묻어두었다. 나 또한 감당하기 힘든 일을 겪어봤기에 혼자인 듯한 외로움과 가슴에 돌을 얹어 놓은 듯한 그 마음을 이해할 수 있었다.

문득 그녀에게 배춧국을 끓여 줘야겠다는 생각이 들었다. 진한 배춧국을 먹다 보면 잠시나마 힘든 상황을 잊을 수 있지 않을까. 무엇보다 나는 그녀에게 혼자가 아니라는 느낌을 전하고 싶었다. 말로 건네는 위로보다 말하지 않아도 느껴지는 위로가 더 크다고 믿었다. '힘내'라는 말은 힘조차 낼 수 없는 사람에게 무언의 폭력이 될 수 있다는 걸 경험으로 알고 있기에 평소보다 배춧국에 더 많은 정성을 담았다. 가는 길에 국이 식을까 봐 스테인리스 통에 담고 보자기를 여러 겹 묶어 단단히 쌌다. 나는 그녀의 집 대문 앞에 서서 초인종을 눌렀다. 놀란 기색이 역력한 그녀가 대문을 열어주었다.

그리고 그녀를 보자마자 나는 속사포처럼 이야기했다.

"저녁하면서 만든 건데, 네 생각나서 좀 싸 왔어. 애들 밥

챙기는 것도 일인데 오늘은 이거 먹고 푹 쉬어. 며칠 먹으라
고 넉넉히 챙겼어. 그리고 혹시 애들이 국을 안 먹을까 봐 카
레도 좀 만들어 봤어. 감자 대신 고구마를 넣었는데 달곰하
니 맛있더라. 친정엄마가 고구마 한 박스를 보내 주셨거든.
나 애들이 아직 안 자서 빨리 가봐야 하니까 나오지 말고, 그
릇은 안 줘도 되니까 신경 쓰지 말아. 그리고 넌 꼭 한 그릇 다
먹어야 해!"

　주저리주저리 내 할 말만 하고 갔다. 그녀는 예상치 못한
표정을 지으며 고맙다는 말만 되풀이할 뿐이었다. 처음에는
편지를 써서 문 앞에 두고 올까 고민했지만, 힘들 때는 글 한
줄조차 읽을 힘이 없다는 생각이 들었다. 잠시나마 머릿속
복잡한 생각들을 잊길 바라며 나는 환하게 인사를 건넸다.
배춧국을 먹는 그녀의 모습을 떠올리며 엘리베이터를 탔다.
내 위로가 그녀에게 닿기를 바랐다.

북어 배춧국 〔1인분〕

재료

소고기 양지 300g, 북어채 한 줌(약 10g), 보리 새우 한 줌(10g), 된장
1큰술(20g), 국간장 2큰술(30mL), 다진 마늘 1큰술(20g), 고춧가루 1큰
술(6g), 무 ¼개, 양파 ½개, 배추잎 3장, 대파 한 줌

조리순서

1   냄비에 소고기 양지를 넣고 볶는다.

2   볶은 소고기에 물(1L)를 붓고, 중불에서 30분간 푹 끓인다. 끓는
    동안 떠오르는 기름과 거품은 제거한다.

3   북어는 불에 살짝 불려 잘게 썰고, 무는 나박 썰기, 양파는 채 썰어
    준비한다.

4   소고기 국물이 바글바글 끓으면 불린 북어, 무, 양파, 보리새우를
    넣는다.

5   육수에 된장 1큰술, 국간장 2큰술, 다진 마늘 1큰술, 고춧가루
    1큰술을 넣어 간을 맞추고 20분간 끓인다.

6   마지막에 배추와 대파를 넣고 한소끔(약 5분) 더 끓인다.

＊
TIP 배추는 마지막 단계에 넣어 살짝 익혀야 단맛을 오래 느낄 수 있다.

맵게 먹으면 눈물이 나도 몰라

낙지볶음

회사에서 내 별명은 "천둥벌거숭이"였다. 입사하고 처음 2~3년은 회사 생활이 정말 힘들었다. 아주 무섭고 지독한 사수가 있었던 것도 버거웠고, 끝도 없이 쌓이는 일에 지쳐 있기도 했다. 나의 첫 사수는 대놓고 "회사 그만 다니고 싶냐."고 말하던 사람이었고, 이미 신입 여럿을 관두게 하거나 부서 이동을 시킨 사람으로 유명했다. 그러나 사수와는 별개로 기본적인 실수를 많이 하는 내 문제가 제일 컸다. 수·발신을 잘못 적어 서류가 다시 돌아오기도 했고 중요한 서류를 퀵서비스로 보냈지만 복사본이라 접수가 안 된 적도 있었다. 첨부파일을 빼먹고 메일을 보내 "죄송합니다."는 말과 함께 다시 보내야 하는 날도 많았다.

회사 생활이 힘든 근본적인 문제는 나에게 있었다. 이유는 단 하나, 맺고 끊는 것을 못 하는 내 성격 때문이었다. 한번은 고객사의 부탁으로 기한이 지난 서류를 처리하고자 다른 부서에 전화해 "안 되는 건 알지만 한 번만 해 줄 수 없냐."고 사정했다. 당연히 그 담당자는 절대 안 된다고 했고 나는 다시 고객사에 전화했다. 노력했지만 승인되지 않았다고 했더니, 고객사는 처음부터 안 된다고 말하지, 왜 되는 것처럼 말했냐며 말을 바꾸었다. 그저 다시 한 번 이야기해 본다는 뜻이었는데. 난 그저 어떻게든 해 보려 노력한 것밖에 없는데. 결국, 그 문제는 나 혼자 해결해야 할 '내 문제'가 되어버렸다.

또 한 번은 팀장님께 너무 친근하게 대했다는 이유로 과장님께 혼난 적도 있다. 어른에게 버릇없이 군다는 게 이유였다. 예를 들면 나의 친근함은 이런 식이었다.

"팀장님! 오늘 넥타이 새로 하셨네요. 멋있네, 멋있어."

감히 주임 나부랭이가 존댓말도 아닌 반말 같은 표현을 팀장님께 하다니, 팀장님이 네 친구냐며 불려 가 혼났다. 그때부터 나는 회사 생활에서 웃음을 잃어갔다. 아침마다 밝게 웃으며 하루를 시작하던 나였지만 인사할 때 목소리가 너무 큰 게 아닌지, 오늘도 서류에 빠뜨린 게 없는지 메일을 보내면서 몇 번이나 확인하고, 바빠서 전화가 세 번 이상 울리고 받았는데 이런 것도 혼나는 건 아닌지 불안해졌다. 밥 먹으러 갈 때도 제일 먼저 앉아 숟가락을 세팅하고 물 따르면서도 눈치를 살폈고, 밥 먹는 속도가 혼자만 느려 가끔은 다 먹기도 전에 일어난 적도 있다. 매일 일거수일투족에 고민과 걱정을 달고 살았다. 크고 작은 문제가 계속 터지니 회사 다니는 일이 고역이었다. 천둥벌거숭이 같은 나는 일 잘하고 눈치도 빠른 동기들이 부러웠다.

그러던 어느 날, 나를 안쓰럽게 지켜보던 과장님이 저녁을 먹자고 했다. 장소는 종로의 유명한 매운 낙지볶음 가게였다. 쿠킹포일 위에 소시지, 베이컨, 양파를 깔고 콩나물과 낙지볶음을 올려 구워 먹는 오래된 노포였다. 평소 같았으면 신나게 먹었을 나였지만, 그날은 그저 지켜보기만 했다. 잠시 후 과장님께서 말씀하셨다.

"나는 네가 좋은 아이이고, 참 해맑은 아이라는 걸 알겠어. 그렇지만 여기는 회사잖니. 안 되는 건 안 된다고 말해야지, 서로를 위해서 그게 좋아. 중간에서 다 받아주면 원래 되는 거구나 하면서 당연한 권리인 줄 알게 돼. 그리고 눈치 없는 게 나쁜 게 아니야. 회사 생활이라는 게 눈치가 있어야 편한 것뿐이지, 네가 나쁜 게 아니야. 우리 오늘 맛있게 먹고 내일 또 열심히 일해 보자."

과장님의 말씀에 나는 울컥하는 마음이 올라왔지만 애써

눈물을 삼켰다. '눈치 없는 게 나쁜 게 아니라는 말' 그 말이
곧 '네가 나쁜 게 아니라는 말'로 다가와 큰 위로가 되었다.
어서 먹으라는 과장님의 말에 낙지볶음을 한 젓가락 집어 입
에 넣었다. 세상에나, 그렇게 매운 낙지볶음은 처음이었다.
사람들은 맛있게 맵다고들 하지만 나는 왜 이렇게 매운 걸 맛
있다고 하는지 이해할 수가 없었다. 그런데 너무 매우니까,
울컥하는 마음과 맵고 아픈 통각이 합쳐져 눈물이 났다. 나
도 모르게 눈물이 고였다. 애써 참으려 해도 눈물이 흘렀다.

  "와! 왜 이렇게 낙지가 맵지!"

  손으로 바람을 일으켜 눈에 부채질하면서, 눈물이 들킬까
봐 애먼 낙지를 탓했다. 오동통하고 탱글탱글한 낙지를 씹
으며, 사소하고 자잘한 실수와 끝맺음을 하지 못한 지난날을
되씹으며, 나도 모르게 울었다. 그때 처음 알았다. 매운 음식
을 먹으며 눈물이 날 수 있다는 걸.

낙지볶음 1인분

재료

낙지 1마리(약 120g), 당근 한 줌(50g), 데친 콩나물(100g), 진간장 1큰술(15mL), 굴소스 1큰술(18g), 맛술 1큰술(15mL), 설탕 1큰술(12g), 다진 마늘 1큰술(20g), 참기름 1큰술(15mL), 매실액 1큰술(20g), 고춧가루 1큰술(6g), 양파 ½개, 대파 1개, 식용유

조리순서

1   손질한 낙지는 끓는 물에 맛술 1큰술을 넣어 1~2분간 데치고, 먹기 좋은 크기로 자른다.

2   양파, 당근은 채 썰어 준비하고 대파는 다진다.

3   볼에 고춧가루 1큰술, 간장1 큰술, 맛술 1큰술, 굴소스 1큰술, 설탕 1큰술, 다진 마늘 1큰술, 참기름 1큰술, 매실액 1큰술을 넣고 잘 섞어 양념장을 준비한다.

4   팬에 식용유를 두르고 다진 대파를 넣어 파기름을 낸다.

5   파가 살짝 익으면, 양파와 당근을 넣고 익을 때까지 볶는다.

6   볶은 채소에 준비한 양념장을 넣고, 센 불에서 살짝 태우듯 볶다가 손질한 낙지를 넣고 2~3분 볶는다.

7   완성된 낙지볶음에 데친 콩나물을 가볍게 섞거나 올려서 마무리한다.

*

TIP   낙지를 데쳐야만 볶았을 때 물이 덜 나온다.

계절이 바뀔 때면 꼭

알토란 탕국

오늘 저녁은 오랜만에 토란을 넣은 탕국을 끓였다. 탕국은 우리 가족 보양식으로 자주 먹는 음식이다. 탕국은 뼈 없는 갈비탕 같은 국인데, 시댁은 이 탕국에 토란을 넣어 먹는다. 특히나 추석에는 알이 튼실한 알토란을 넣어 끓인다. 친정도 토란국을 좋아하지만, 친정은 들깨 가루를 넣어 고소한 향이 가득한 토란을 즐긴다.

탕국은 계절이 바뀌는 절기에는 꼭 해 먹는다. 진한 탕국 한 그릇을 비우고 나면 가슴이 시원하게 뚫리는 기분이 든다. 여기에 잘 익은 알토란이 감자와는 다른 포슬한 고소함을 안겨준다. 이 두 개의 조합이면 다른 반찬은 필요 없다. 건더기를 다 먹고 국물 쭉 들이켜면 다가올 절기를 맞이할 준비가 끝난다. 아버님은 알토란 탕국을 특히 좋아하셨다. 진하게 우려낸 육수에 밥을 말아 야들야들하게 삶아진 고기를 고명으로 얹어 한 숟가락 크게 떠드신 후 밤톨처럼 동글동글한 토란을 한입에 넣어 혀로 천천히 으깨 드셨다. 다 드시고 나서는 잘 먹었다며 수고했다는 말을 남기셨다.

아버님과는 음식에 얽힌 일화가 많다. 우리 가족은 갈비탕을 좋아해서 종종 외식하고는 했는데, 지병이 있으셨던 아버님한테는 이 외식이 유일한 외출이었다. 거동이 불편하셔서 여행도 어려웠기에 우리에게 외식은 바람도 쐴 겸 가족이 함께하는 소중한 시간이었다. 갈비탕을 먹으러 한창 가고 있는데 뒷좌석에서 아버님이 말씀하셨다.

"아들아. 우리가 명랑이를 지켜줘야 해!"
명랑이는 신혼 초에 시아버님께서 나를 부르시던 애칭이었다.

남편이 되물었다.
"그게 무슨 말씀이세요? 명랑이가 문화재도 아니고 명랑이를 왜 지켜줘요?"
"지난번에 보니까 그 큰 왕갈비를 명랑이가 한 그릇 다 먹더라. 너무 많이 먹으면 사람들이 놀랄 수도 있으니 우리가 괜찮다, 괜찮다 하고 지켜줘야 해."
"에이. 명랑이는 그런 거 신경 안 써요."

두 사람의 대화를 듣고 있던 내가 아버님께 말했다.
"아버님! 저 그런 거 신경 안 써요. 그럴 시간에 한 그릇 더 먹어야죠. 오늘도 갈비탕 특대로 국물까지 다 먹을 거예요."

"아빠, 들으셨죠? 명랑이는 맨날 먹기 전에 많이 먹을 거라고 다짐하고 시작해요."

아버님께서 눈을 찡긋하며 웃으셨다. 그랬다. 아버님은 시댁오고 매년 거시는 며느리기 걱정되면서도 많이 먹는 게 나쁜 건 아니라고, 괜찮다며 주눅 들지 말라고 하셨던 것 같다. 그것이 아버님만의 애정 표현이라는 걸 나는 잘 알고 있다. 다행히 명랑이는 전혀 주눅 들지 않았고 지금도 여전히 아버님의 뜻을 잘 받들며 살고 있다.

탕국을 끓이면서 생각한다. 어쩌면 이 탕국은 나에게 보내는 나의 응원이 아닐까. 아이들을 챙기는 것도 시부모님을 돌보는 것도 내가 건강해야 할 수 있는 일이다. 정성 들여 끓여낸 탕국은 만드는 내가 가장 먼저 맛보니 내 몸에 약이 된다. 나도 모르게 나 자신을 위해 응원하고 있었는지도 모르겠다. 만일, 누군가가 해 주지 않으면 내가 하면 된다. 내가 애쓰고 있다는 사실은 내가 제일 잘 알고 있으니까. 이렇게 계절이 바뀔 때면 누구보다 가장 먼저 나 자신에게 마음 진한 응원을 보낸다.

알토란 탕국 4인분

재료

소고기 사태 300g, 소고기 양지 300g, 알토란 16개, 진간장 1큰술
(15mL), 다진 마늘 1큰술(20g), 참기름 1큰술(15mL), 국간장 3큰술
(45mL), 소금 1큰술(18g), 무 ½개, 양파 1과 ½개, 대파 1대, 다진 대파
한 줌, 다시마 1조각(5×5cm), 통후추 약간(3~4알)

조리순서

1   사태와 양지를 찬물에 1시간 이상 담가 핏물을 제거한다.

2   냄비에 물 4L와 양파, 대파, 통후추, 다시마, 무를 넣고 끓인다.

3   물이 끓으면 준비한 고기를 넣고, 약불에서 1시간 이상 푹 끓인다.

4   고기를 건져 식힌 뒤 결대로 찢거나 썬다. 간장 1큰술, 다진 마늘 1
    큰술, 참기름 1큰술을 섞어 양념한다.

5   남은 육수는 체나 면 보자기에 두어 번 걸러서 말갛게 준비한다.

6   걸러낸 맑은 육수에 무, 알토란, 채 썬 양파, 양념한 고기를 넣고
    토란이 익을 때까지 20분간 더 끓인다.

7   국간장 3큰술, 소금 1큰술로 간을 맞추고, 마지막에 다진 대파를
    넣고 한소끔 더 끓여 마무리한다.

*

TIP   토란을 씻어서 껍질째로 끓는 물에 데치면 손쉽게 껍질을 제거할 수 있다.

이렇게 맑은 탕은 처음입니다만

대구지리탕

    겨울이 제철인 대구는 살이 희고 담백해 탕으로 끓이면 깔끔한 맛이 일품인 생선이다. 대구의 이름은 글자 그대로 '입이 커서' 대구 大口라고 한다. 생각해 보니 입이 커서 대구라고 불린다는 사실을 한 번도 의식해 본 적이 없었다. 포를 떠서 전으로, 찌개로, 탕으로 다양하게 먹는 고마운 생선인데, 그 고마움에 비해 생태적인 이름이 너무 가벼운 것이 아닌가하는 생각이 든다. 겨울철 뜨끈한 대구탕을 먹으면 몸도 마음도 든든하다. 나는 결혼하기 전까지 대구탕을 고춧가루가 듬뿍 들어간 찌개로만 먹는 줄 알았다. 어느 날 시누이가 만들어 준 맑은 대구지리탕을 맛보고, 자극적이지 않으면서도 깊고 시원한 맛이 날 수 있다는 사실에 놀랐던 기억이 난다.

    나에게 대구지리는 잘 모르는 미지의 음식이었지만 시어른들이 즐겨 드시다 보니, 자연스럽게 그 매력에 흠뻑 빠지게 되었다. 대구지리는 유자 폰즈 소스와 곁들여 먹으면 한층 품격 있는 맛을 내는데, 하얀 대구살을 한 점 집어 폰즈 소스에 찍어 먹으면 담백함과 향긋함이 입안 가득 퍼진다. 시원한 국물에 채소가 어우러져 감칠맛이 더해진 뜨끈한 국물을 마시면 몸에 따뜻한 기운이 퍼졌다. 조금 전까지만 해도 만사가 귀찮았는데, 신기하게도 한 그릇 먹고 나면 시원한 기운이 온몸에 퍼지며 기운이 솟았다. 뭐든 다시 시작할 수 있을 것 같은 기분이 들었다. 어쩌면 이건 나만이 느끼는 대구지리탕만의 방식으로 전해지는 위로였는지도 모른다.

음식이 주는 위안은 때로 예상치 못한 순간에 찾아오곤 한다. 안 먹어본 음식은 맛을 몰라 손이 잘 가지 않고 꺼려질 때도 있다. 특히 비린 걸 좋아하지 않고 생선의 깊은 맛을 모른다면 더더욱 그렇다. 그러나 한 번 시도하고, 또 한 번 시도하다 보면 그 시원한 맛을 알게 된다. 그러면 대구지리는 더는 미지의 음식이 아니다.

인생도 마찬가지인 듯하다. 내가 속한 글쓰기 모임에는 다양한 루트로 들어온, 처음 보는 사람들이 글을 올린다. 그 글들을 찬찬히 읽다 보면 마치 라디오 편지를 눈으로 읽는 듯한 느낌이 든다. 다양한 인생을 글로 접하다 보면 내가 겪은 일들이 그리 큰일이 아닌 것처럼 느껴질 때도 있다. 어떤 날은 전혀 모르는 사람의 글을 읽고 울기도 하고 웃기도 한다. 또

어떤 날은 힘든 이들을 그냥 지나칠 수 없어 응원의 댓글을
남기기도 한다. 그러다가 자연스럽게 글쓴이의 이름을 기억
하고, 한 번씩 만나면 나도 모르게 껴안으며 반가워한다. 한
번도 만난 적이 없던 미지의 인물이었는데, 그 사람의 글을
통해 그 사람의 생각을 알고 나니, 처음 보는 어색함은 전혀
없고 오랫동안 못 본 소중하고 의미 있는 사람을 만난 것 같
은 기분이다. 말하지 않아도 마음 깊은 곳에서 친밀감이 요
동을 쳤다. 내게 미지의 음식이었던 대구지리처럼 말이다.

대구지리탕 1인분

재료

손질한 대구(약 200g), 무 ¼개, 멸치 5~6마리, 알배추 2장, 다진 마늘
1큰술(20g), 국간장 1큰술(15mL), 액젓 1큰술(15mL), 소금 1작은술(6g),
콩나물 한 줌, 애호박 한 줌, 대파·고추 한 줌, 다시마 1조각(5×5cm)
* 건대구를 사용할 경우 새우젓 ½큰술을 추가한다.

조리순서

1   깨끗하게 씻은 대구를 먹기 좋은 크기로 준비한다.

2   냄비에 물(600mL)을 붓고 다시마, 무, 멸치, 다진 마늘을 넣어 중불
    에서 10~15분간 육수를 끓인다.

3   육수가 끓으면 멸치는 건져 내고, 알배추, 나박 썬 무, 콩나물, 애
    호박, 대파, 고추를 넣는다.

4   채소가 살짝 익으면 대구를 넣고 국간장 1큰술, 액젓 1큰술, 소금
    1작은술을 넣어 간을 맞춘다.

5   대구가 익을 때까지 한소끔(약 5~7분) 더 끓여 완성한다.

*
TIP   대구는 살이 부드러워 오래 끓이지 말고 살짝 익히는 게 좋다.

마음을 달이는 일

도라지배청

"엄마, 숫자 세! 지금 당장 숫! 자! 세! 하나. 둘. 셋."

겁에 질린 듯 울먹이는 목소리로 딸아이가 말했다. 화가 나서 흥분한 내게 마음을 가라앉히라고 숫자를 세라고 말했다. 화난 엄마가 무섭지만, 우리만의 약속을 지키라고 당부하는 모습이었다. 감정이 휘몰아쳐 이성을 잃을 때면 속으로 숫자를 세기로 한 우리만의 약속. 그러나 당시의 나는 감정에 압도되어 숫자 세는 것조차 잊어버렸다. 결국, 감정을 주체하지 못하고 폭발해 버렸고 울고 있는 딸아이의 말을 듣고 나서야 나는 엄마가 어른답지 못했다고, 화를 참지 못해 미안하다고 말했다. 아이는 내 품에 안겨 울다가 다음에는 자신이 말하지 않아도 꼭 숫자를 세라고 했다. 나는 화해의 의미로 '두리끼리' 만 아이스크림을 먹으러 가자고 했다. '두리끼리' 는 딸아이가 만든 단어였다. '둘이서만' 이라는 뜻이다. 셋이 되면 '셋이끼리' 라고 한다. 딸아이가 그렇게 말하는 모습이 귀여워 가족 모두가 '두리끼리', '셋이끼리' 라고 말한다.

딸아이와의 한바탕 전쟁을 치른 후 나는 혼자 있는 저녁 시간에 마음을 가라앉히며 차를 마셨다. 뜨거운 물을 팔팔 끓여 만들어 둔 도라지배청을 냉장고에서 꺼내 뜨거운 물에 풀었다. 한잔 따뜻하게 마시며 청이 담긴 병을 찬찬히 바라보았다. 도라지배청은 만들 때 계속 저어야 해서 시간이 오래 걸리지만, 그 시간만큼 마음을 가다듬을 수 있어 만드는 일을 즐기곤 했다. 이제 다시 청을 만들며 마음을 다스려야 할 때가 온 것 같다.

도라지배청은 정성 가득한 선물이라 받는 이들이 모두 좋아한다. 도라지 껍질을 까는 수고로움, 한 시간 넘게 졸이며 타지 않도록 계속 저어 주는 정성, 받는 사람의 건강을 생각하는 마음이 담겨 있어 모두 좋아한다. 한번은 예쁜 병에 담아 성당 성서 모임에서 수녀님, 단장님, 단원 형님들에게 선물로 드렸다. 그랬더니 어린 스텔라 나의 세례명이다가 어찌 만들 줄 아느냐며 참 좋아해 주셨던 기억이 있다. 마음이 힘들고 내 마음이 알아주는 사람이 없었을 때, 심지어 나조차도 내 마음이 어떤지 모를 때마다 성당에 찾아갔다. 알지 못하는 성경을 읽고 공부하며 세례를 받았다. 기도하다 울고, 찬송가를 부르다 울고, 성경을 읽다가 울었다. 젊은 아기 엄마가 기도하다 울던 모습이 안쓰러우셨는지 그때 성당 대모님께서 나를 보듬어 주시며 미사 때마다 점심을 사 주셨다.

"내 이야기가 힘이 되었으면 좋겠는데… 나도 아프신 시어머니를 오랫동안 모셨어. 게다가 남편 사업이 안 좋아지기 시작하면서, 이 아이들 키우려고 그때부터 공부하고 일하기 시작했어. 젊은 날에는 고난이 오기 마련이야. 그리고 결국 지나가게 되어 있어. 아직 젊으니까 멀게만 느껴질 수도 있겠지만 버티고 견디다 보면 반드시 지나갈 거야."

버티고 견디면 반드시 지나간다는 말에 나도 모르게 눈물이 터졌다. 갑작스럽게 전 재산을 잃고, 도망치듯 이사를 하고, 아프신 시부모님을 모시며, 어린 남매를 키워야 했던 그때. 왜 살아야 하는지 답을 찾을 수 없었다. 그런 나에게 비슷한 아픔을 겪으신 대모님의 말씀이 나를 안아 주는 것 같았다. 그날부터 대모님을 생각하면 감사한 마음이 먼저 떠올랐다. 그 고마움에 보답하고자 도라지배청을 만들었다. 청을 달이면서 고마움이 닿기를 바라는 마음으로 정성을 다했다. 나에게 도라지배청은 마음을 달이는 일이었다.

도라지배청

재료

흙도라지 150g(손질 후 기준), 배 1개, 꿀 3큰술(36g)

조리순서

1   흙도라지를 씻어 껍질을 벗긴 뒤 잘게 썰어 준비한다.

2   배는 껍질을 씻어 꼭지와 씨를 제거하고 깍둑썰기 한다.

3   믹서기에 배와 도라지를 넣고 곱게 간다. 믹서기에 배를 먼저 넣으면 잘 갈리고, 그럼에도 잘 갈리지 않다면 물을 약간 넣는다.

4   냄비에 갈아낸 도라지를 넣고 약한 불에서 1시간 30분 이상 천천히 졸인다.

5   타지 않게 자주 저어 주면서, 진갈색이 되고 점도가 생길 때까지 졸인다.

6   불을 끄기 5분 전에 꿀을 넣고 고루 섞는다.

7   유리병에 담아 완전히 식힌 뒤 냉장 보관한다.

*

TIP   도라지를 소금물에 살짝 담갔다가 헹구면 쓴 맛을 줄일 수 있다.

TIP   유리병은 열탕 소독을 해서 물기를 완전히 제거한 후 사용해야 진공 상태가 오래간다.

수고로움과 정성, 그 어딘가

녹두빈대떡

녹두빈대떡은 결혼하고 처음으로 만든 가장 수고로운 음식이었다. 친정은 빈대떡을 먹지 않기 때문에 나에게 빈대떡은 옛 노래에나 존재하던 음식이었다. 게다가 숙주나물이 녹두라는 사실도 그때 알았더랬다. 녹두빈대떡을 만들기 위해서는 하루 반나절 이상 녹두를 불려야 한다. 불린 후에는 아무리 깐 녹두를 샀다 하더라도 남아 있는 껍질을 일일이 걸러내야 하는 수고로운 과정이 기다린다. 게다가 빈대떡은 그 안에 갖가지 채소와 버섯, 고기가 듬뿍 들어가야 씹는 맛이 살아난다. 익히는 데 시간이 걸리고, 달궈진 기름이 사방으로 튀어 가벼운 화상을 입기도 한다. 빈대떡은 부칠 때 뒤집개로 꾹꾹 누르면 퍽퍽해져 맛이 없어지는데, 결혼 후 그 사실을 몰랐던 내가 빈대떡을 누르다가 시누에게 혼났던 기억이 난다. 물론 지금은 빈대떡을 예쁘게 부치라고 내가 더 화를 내지만, 이 음식은 나름 나에게 매콤한 시댁의 맛을 보여준 애증의 음식이기도 하다.

정 여사는 시어른들이 녹두빈대떡을 좋아하신다고, 매년 가을이면 농사지어 수확한 녹두를 어른들 드리라며 보내 주셨다. 녹두 말고도 감자, 검은콩, 토란은 시댁에 주기 위해 더 많이 심는다. 지금은 시어른들도 돌아가셔서 그럴 필요가 없는데도 제사 때 쓰라고 여전히 녹두를 꼭 주신다. 정 여사 나름의 애도라고 할 수 있다.

빈대떡은 조금만 만들 수가 없다. 과정이 복잡해서 그런지 조금만 하기에는 정성이 아깝게 느껴지고, 이상하게 그득하고 조화로운 그 맛이 잘 느껴지지 않는다. 남은 녹두전은 냉동실에 얼려 두었다가 나중에 에어프라이어나 프라이팬에 구워 먹으면 방금 만든 듯한 맛을 즐길 수 있다. 명절 제사를 위해 쏟았던 노고와 정성이 그대로 느껴진다.

명절에는 기름진 음식들을 자꾸 먹게 되어 속이 느끼해진다. 그럴 때는 얼큰한 고추장찌개를 끓여 그 위에 녹두빈대떡을 넣는다. 보글보글 자박자박 빨간 국물 방울이 튀어 오르고, 그 위에 살포시 녹두빈대떡을 턱 올려 보자. 빨간 국물 방울이 토독토독 소리를 내며 빈대떡을 감싸 안는다. 이내 빈대떡이 파근파근하게 흘러내린다. 고추장 국물에 촉촉이 녹아든 빈대떡을 한 숟가락 떠 올리면 뜨거운 연기가 아지랑이처럼 피어오른다. 호호 불어 살짝 식혀주고, 한가득 입에 넣는다. 혀끝으로 몇 번 밀자 순식간에 빈대떡이 입속에서 사라졌다. 감자도 아닌 것이 스르륵 밀려 입안에서 사라지는 아주 색다른 식감이다.

처음 녹두빈대떡이 들어간 고추장찌개를 보았을 때 마치 먹다가 남은 음식을 끓인 것 같다는 생각에 눈살이 저절로 찌푸려졌다. 아마도 어릴 적 정 여사가 남은 김밥재료를 넣고 끓였던 매운 찌개가 생각이 났던 것 같다. 맛이 기대되지 않았다. 그런데 남편이 녹두빈대떡이 올라간 고추장찌개를 보고 소리 질렀다. 입맛 까다로운 남편이 소리 지른다는 건 필시 맛있다는 이야긴데, 갑자기 그 맛에 호기심이 생겼었다.

후에 신문기사를 읽다가 알게 된 사실인데 실제로 '전 찌개'라는 요리가 있었다. 명절에 남은 전으로 찌개를 얼큰하게 끓이는데, 남은 반찬을 처리하고 느끼함을 달래는 '잡탕 찌개' 요리라고 한다. 또 제사에 올린 생선으로 만든 어탕 찌개, 대보름에 남은 나물들을 처리하는 나물 찌개라는 것도 있다. 우리 집만 이상하게 먹는다고 생각했는데 그렇게 먹는 다른 집도 있다고 하니, 잡탕 찌개도 괜찮은 음식이구나 하는 마음이 들었다.

어찌 되었든 제사 때마다 만드는 녹두빈대떡의 그 수고로 움은 그들을 추억하는 정성이기도 하고 우리만의 애도이기 도 하다.

녹두빈대떡 4인분

재료

깐 녹두 600g(불리기 전 기준), 숙주 1봉지(약 200g), 양배추 150g, 표고버섯 5개, 삼겹살 300g, 간장 2큰술(30mL), 다진 마늘 1큰술(20g), 맛술 1큰술(15mL), 들기름 2큰술(30mL), 양파 2개, 대파 3대, 식용유

조리순서

1   깐 녹두 600g을 물에 12시간 이상 충분히 불리고, 여러 번 씻어 껍질을 최대한 제거한다.

2   숙주는 살짝 데쳐 물기를 제거하고 양파, 대파, 양배추, 표고버섯은 모두 깍둑썰기해서 준비한다.

3   삼겹살은 가늘게 썬 후 간장 1큰술, 다진 마늘 1큰술, 맛술 1큰술로 버무려 밑간한다.

4   불린 녹두를 믹서기에 넣고 물을 조금씩 넣으면서 곱게 간다. 녹두를 한 국자 떠서 부드럽게 흐르는 정도면 충분하다.

5   간 녹두와 준비한 채소와 고기를 큰 볼에 넣고 간장 1큰술, 들기름을 넉넉히 두른 뒤 버무린다.

6   팬에 식용유를 넉넉히 두르고 녹두 반죽을 한 국자 떠서 버무린 녹두소에 살짝 섞어 부친다.

*

TIP   양파 초간장과 함께 먹으면 궁합이 좋다.

오색찬란할수록 괜찮아

갖가지 야채 비빔밥

우리 아파트에는 매주 화요일마다 장터가 열린다. 가족들이 사랑하는 채소, 과일, 돈가스, 옥수수 등등 장터에는 정말 없는 게 없다. 장 볼 때는 신이 나서 넉넉히 사지만 막상 사고 나면 양이 많아 걱정되기도 한다. 그래도 일주일 치라며 마트보다 싸다고 스스로를 위로한다. 장을 보는 사람이라면 요즘 물가를 체감할 것이다. 전기료, 난방비와 공공요금도 올랐지만, 시장 물가도 장난이 아니다. 외식비도 만만치 않아, 외식으로 먹던 한우는 이제 생일이나 졸업식, 입학식 같은 특별한 날에만 가능해졌다. 반찬도 여러 가지 다양하게 만들기보다는 '1즙 1채 밥과 국 한 그릇, 반찬 한 가지를 곁들이는 식사'나 덮밥, 비빔밥, 파스타, 국수와 같은 간단한 한 그릇 요리를 만들어 먹는 편이다. 그래도 아직 시장에 가면 채소 가격이 저렴하고 넉넉하다. 많이 사면 가격을 깎아 주거나 양을 더 주는데, 집에 오면 채소가 상하지 않도록 밀키트를 만들어 깨끗하게 정리한다.

이때 전략과 계획이 필요하다. 거창하게 들리지만 바쁜 집안 살림을 하다 보면 챙길 것도 많고 무엇을 만들어 먹을지 고민하느라 시간을 많이 뺏긴다. 재료를 구분해서 국용이나 볶음용으로 밀키트처럼 정리해 두면 시간도 절약되고 메뉴 고민도 덜 수 있으며, 한 가지 재료로 여러 가지 요리를 만들어낼 수 있다. 시장에서 산 신선한 야채로 내가 가장 자신 있게 만드는 요리가 바로 오색찬란한 갖가지 야채 비빔밥이다.

이 요리는 다진 불고기에 가지를 함께 볶아서 토핑처럼 얹는 것이 비법이다. 불고기 만드는 과정이 귀찮다면 마트에서 언양식 불고기 팩 언양식 불고기는 떡갈비처럼 보이는 비주얼이지만, 얇게 저며 있어서 훨씬 부드럽고 토핑처럼 잘 떨어진다 을 사다가 대체해도 좋다. 이미 양념이 다 되어있으므로 시간도 단축되고 돈도 절약된다. 소고기 토핑 비빔밥은 두 가지 버전으로 가능한데, 모든 야채를 찜기에 쪄서 올리는 방법과 생야채로 올리는 방법이 있다. 야채를 쪄서 올리는 경우는 따뜻하고 부드러운 질감을 얻을 수 있다. 찌는 게 귀찮고, 아삭한 식감은 원한다면 생야채를 올려 먹는 것을 추천한다. 밥 위에 당근과 오이, 상추를 잘게 썰어 생으로 올려두고 볶은 소고기 가지를 얹어 먹으면 된다.

비빔밥 야채는 오색찬란할수록 먹음직스럽고 화려해 눈으로 보는 맛이 있다. 시각을 자극하기 위해 어린잎 채소를 넣거나 아보카도를 넣어도 좋다. 어떤 것을 넣어도 기본 채소와 가지가 맛의 중심을 잡아 준다. 아마도 음식의 포용력은 비빔밥이 최고일 것이다. 내가 좋아하는 그릇에 갓 지은 따끈한 밥을 퍼서 오색찬란한 채소를 정갈하게 담아 본다. 그 위에 가지 토핑을 흩뿌리고 참기름을 넉넉히 두른다. 젓가락으로 휘휘 저어서 얼기설기 섞는다. 밥알이 뭉그러지지 않게 요리조리 비빈다. 처음에는 오색찬란한 색이었던 비빔밥이 참기름 코팅으로 덮여 먹음직스러운 맛있는 색으로 변한다. 크게 떠서 입안 가득 베어 물면 그 순간만큼은 먹는 것에 집중하게 된다.

이제 입속에서 아삭아삭 씹히는 야채와 잘게 잘게 짓이겨지는 소고기 알갱이 속으로 좀 더 들어가 본다. 이어서, 꿀꺽하고 삼켜지는 소리가 들린다. 이번에는 잘 볶아진 가지 한 점을 집어 입속에 넣는다. 설겅설겅 씹히는 가지가 이토록 맛있을 수 있는지 그 사실에 놀랄 것이다. 그렇게 한 그릇을 다 비우고 나면 하루를 잘 보냈다는 생각이 저절로 난다. 나 자신을 위해 무언가를 열심히 했다는 만족감이 든다. '오늘을 잘 견뎌 낸 자신에게 말하지 않아도 느껴지는 고마운 마음을 전해본다. 지치고 힘들어 아무것도 하고 싶지 않다면 나를 위해 요리를 해 보라고 말하고 싶다. 요리가 오색찬란할수록 마음을 더 편하게 만들어 주니까.

갖가지 야채 비빔밥 `1인분`

재료
밥 1공기(약 200g), 소고기 등심 100g, 당근 ½개, 쌈장 1큰술(20g), 간장 1큰술(15mL), 설탕 1큰술(12g), 맛술 1큰술(15mL), 참기름 2큰술(30mL), 소금 1큰술(18g), 깨소금 1큰술(5g), 가지 1개, 오이 ½개, 후추한 꼬집

조리순서
1   얇게 저민 소고기 등심에 간장 1큰술, 설탕 1큰술, 맛술 1큰술, 참기름 1큰술, 후추를 넣어 재운다.

2   가지는 반으로 잘라 반달 모양으로 썰고, 소금 1큰술을 넣고 10분간 절여 물기를 뺀다.

3   오이와 당근은 가늘게 채 썬다.

4   팬에 기름을 약간 두르고, 절인 가지와 양념한 소고기를 함께 넣어 볶는다.

5   밥 위에 준비한 오이, 당근을 고르게 얹고 중앙에 볶은 소고기 가지를 올린다.

6   고기 위에 쌈장 1큰술을 올리고 깨소금 1큰술, 참기름 1큰술을 두르면 완성이다.

제대로 비우고 비로소 마주하다

명란젓국

보통 나의 하루는 급하게 시작된다. 알람이 열 몇 개가 울리고 웬만해서는 일어날 법도 하지만, 끄고 다시 눕기를 반복한다. 더 이상의 마지노선이 없어지면 나는 용수철처럼 일어나 커튼을 젖히고 창문을 연다. 그러면 아이들은 춥다며 이불 속으로 들어간다. 이때부터 일사불란한 아침 등교가 시작된다. 물통을 챙기면서 아이들의 이름을 수십 번 부른다. 처음에는 '좋은 아침이야. 학교 가야지.' 기분 좋게 부르며 아이들의 머리를 쓰다듬는다. 그러다가 시간에 쫓기면 점점 포효하기 시작한다. '늦는다. 일어나라. 더는 깨우지 않겠다. 정말 늦는다. 이러다가 오늘 지각이다.' 그러다 '오늘 데려다주지 않겠다.'는 마지막 으름장을 놓으면, 그제야 아이들은 움직이기 시작한다. 옷을 입고 간단하게 시리얼과 과일 몇 조각을 입에 넣으며 아이들은 등교한다. 등교 후부터 아이들이 하교 전까지 나만의 평온한 시간이 펼쳐진다. 포효가 진정된 나만의 시간이다.

그때 제일 먼저 내가 하는 일은 커피를 내리는 일이다. 커피 기계의 물통을 꺼내어 정수기 물을 가득 채우고 기계를 작동시킨다. 그날그날 기분에 따라서 내가 먹고 싶은 커피를 내린다. 퇴직 후에 바리스타 자격증 수업을 들으며 바리스타가 된 적이 있다. 그 바리스타 과정 덕분에 세밀한 커피의 맛을 느낄 수 있었고, 내게 맞는 커피를 찾을 수 있었다. 나는 산미가 있는 신맛이 나는 원두를 사랑하게 되었다. 신맛이 나는 커피는 아이스 라테로 먹으면 맛이 우아하고 품위가 있다. 고상한 진한 카페라테를 한잔 마시면 왠지 마음이 깊어지는 느낌이 든다.

매일 수고할 나를 위해서 커피를 내린다. 따뜻하게 또는 시원하게 정성스럽게 한 잔을 만들어 그 커피와 어울리는 컵에 그득 담아 나에게 준다. 찬찬히 한 잔을 마시고 하루를 시작하면 그날 나는 괜찮은 사람이 되고 커피 덕에 그 하루는 품위를 잃지 않는다. 별것 아닌 일이지만, 나만이 알 수 있는 나만의 위로라고 할 수 있다. 천천히 커피를 마시며 차분히 나에게 집중하는 시간이다.

차분히 마음을 달래었으니 며칠 전부터 벼르고 별렀던 냉동실 청소를 시작했다. 잡동사니 음식들이 여기저기 중구난

방으로 정리되지 못한 채 터지기 직전이었다. 물건이 어디 있는지 대충은 알고 있었지만, 냉동실을 비효율적으로 쓰고 있다는 생각이 늘 가슴 한구석에 짐처럼 남아있었다. 아마도 정신없는 내 마음 같아서 더 신경 쓰였는지도 모르겠다. 나에게 정리린 그지 안 보이는 곳으로 밀어 넣는 것이다.

언제 받았는지 알 수도 없는 이사 떡.

인심 좋은 사장님 덕분에 서비스로 왕창 받은 붕어빵.

변명 아닌 변명을 하자면 붕어빵을 왕창 사서 몇 개만 먹고 냉동에 얼려 에어프라이어를 돌리면 처음 먹었던 그 식감 그대로 먹을 수 있기에 무조건 쟁여 둔다.

나름 알뜰하게 살림하는 여자라고 잘게 나눠 두었던 국고기 큐브.

급할 때 쓰려고 1인분씩 잘게 소분해서 만들어 두었던 짜장과 카레.

냉장고에 얼려 두면 만사형통일 줄 알았지만 모두 3개월이나 지난 음식들이었다. 그러다가 냉동 트레이 끝에 걸리적거리는 뭉탱이 하나를 발견했다. 거의 다 먹은 백명란젓이 몇 알 남아 있었다. 시어른들 입맛 없으실 때, 자주 해드리던 식재료였다. 아무래도 지금 식단은 아이들 위주로 돌아가기 때문에, 명란젓은 주인을 잃은 셈이다. 백명란젓은 활용도가 꽤 높다. 그 자체로 참기름만 쳐서 밥 반찬으로 먹어도 훌륭하지만, 껍질을 벗겨 칼등으로 으깨어 달걀찜에 넣으면 부드러운 명란젓 달걀찜이 된다. 부드러운 계란찜 사이사이 박힌 명란젓 알들이 톡톡 터져 재미있는 식감과 간간한 맛을 선사한다. 또, 맑은 탕에 명란젓을 넣으면 우리가 흔히 먹는 알탕과는 전혀 다른 깔끔하면서도 시원한 맑은 명란젓 찌개가 된다.

　오래된 음식들을 정리했다. 냉장고가 이렇게 여유로웠나 싶다. 얼마나 유지할지는 모르지만 속이 후련해졌다. 냉장고 속 재료들이 한눈에 보이니 냉장고에 붙어 있는 메모 보드도 쓸 필요가 없어졌다. 가끔은 냉장고도 마음도 비움이 필요한 듯하다. 나 자신에게 집중하고 정성껏 돌보며 비워야 할 것을 제대로 비우고 나니 비로소 다른 세상이 보이기 시작했다.

명란젓국 1인분

재료

백명란젓 100g(2-3덩이), 무 ¼개, 애호박 ¼개, 양파 ¼개, 대파 한 줌, 새우젓 1작은술(4g), 국간장 1큰술(15mL), 국멸치 3~4마리

조리순서

1 무는 나박썰기, 애호박은 반달썰기, 양파는 채썰기, 대파는 어슷 썰기로 손질해 준비한다.

2 냄비에 손질한 국멸치 3~4마리를 넣고 볶다가 물(500mL)을 넣는다.

3 물이 끓으면 멸치를 꺼내고 손질한 야채와 국간장 1큰술, 새우젓 1작은술을 넣고 무가 익을 때까지 15분간 끓인다.

4 무가 익으면 명란젓을 넣고 한소끔 끓여준다.

*

TIP 명란젓은 통째로 끓이다가 먹기 직전에 잘라주면 끓일 때 알갱이가 덜 퍼져서 국물이 깨끗하다.

고고하면서 꼿꼿하게 우뚝 선 그 맛

오리고기 야채찜

정 여사에게는 요리를 잘 알지 못하고 요리에 서툰 딸이 있다. 자기 앞가림도 잘하고 세계여행이 취미이지만 요리와는 친해지지 못한 딸이었다. 요리는 관심조차 없는 그녀에게 언젠가 정 여사는 이런 말을 했다.

"나 죽거든 막내 집 근처 가서 살아라."

혼자인 딸이 밥도 제대로 못 챙겨 먹을까 걱정돼서 한 말이다. 그리고 그렇게 걱정하는 막내가 바로 나다. 사실 요즘 같은 시대에 요리 못해도 큰 문제가 아니다. 밀키트도 잘 나오고 배달도 어디든 가능하니 걱정할 필요가 없지만, 정 여사의 마음은 엄마라면 누구나 알 것이다.

한번은 김치부침개를 하고 남은 반죽이 있었다. 시간이 지나 오래 두면 반죽이 삭아 맛이 없어지기에 언니에게 프라이팬에 기름만 넣어서 부쳐 먹으라고 했다.

며칠 후 언니에게서 사진 한 장이 도착했다.

"네가 먹으라고 준 부침개, 이렇게 됐어."

사진에는 새카맣게 타고 푸석푸석하게 부서진 부침개 조각이 놓여 있었다. 아뿔싸. 김치부침개 반죽에 고추장을 섞어서 빨갛게 색을 낸 걸 깜빡하고 이야기하지 않았다. 고추장이 들어가면 금방 타버리기 때문에 기름을 자작하게 둘러 잘 달군 프라이팬에 부쳐야 한다고 말했어야 했는데. 요리를 알지 못하는 사람인 그녀를 배려하지 못했다.

그러다 그녀가 혼자서도 해 먹을 수 있고 불을 쓰지 않아도 되는 간단한 요리를 알려주고 싶었다. 요리하면서 느끼는 성취감도 의외로 꽤 크기에 그런 기쁨을 느끼게 해 주고 싶었다. 그때 생각난 메뉴가 바로 오리고기 야채찜이다. 간단하기도 하고 불을 사용하지 않아 힘들이지 않으면서 맛 또한 고상하고 풍미가 깊다. 또 재료 본연에 맛에 집중하여 어떤 기교도 없고, 초연하며, 담백한 것이 고고하다는 표현과 잘 어울린다. 사실 고급스럽게 이름을 지어 봤지만, 그냥 찜기에 넣고 찌는 찜이다. 말 그대로 그냥 물을 끓여서 수증기로 익히는 방식이다. 요리를 알지 못하는 사람인 그녀에게 찜기를 사용하는 것은 무리임으로 실리콘 용기를 사주었다. 1인용 실리콘 용기에, 양배추, 호박, 당근, 표고버섯을 깔고, 그 위에 차돌박이 몇 장을 얹고, 전자레인지에 돌리면 완성된다. 여기에 양념장을 곁들여 먹으면 금상첨화다. 그녀에게 양념장을 직접 만들게 하는 건 무리일테니 간장에 참기름만 약간 넣어서 먹어도 좋다고 했다. 기옥이 야채찜을 좋아했기에 어릴 때부터 우리에게 익숙한 음식이 찜이다. 기옥은 주로 밭에서 따온 호박, 호박잎, 가지, 배추 등을 쪄서 먹었다. 잘 익은 고기를 부드럽게 삶아진 배추에 싸서 한입 가득 밀어 넣으면 채수가 툭툭 터져 나와 입안에 퍼진다. 따뜻하게 씹히는 맛이 진실하게 느껴진다.

찜은 가식이 없다. 국물이 있으면 육수에 베여 있는 간 때문에 본연의 맛을 느끼지 못한다. 그러나 야채찜을 입안에 넣고 찬찬히 음미하면 내가 알지 못했던, 단맛과 짠맛 그리고 씁쓰레한 채소 본연의 얼굴과 마주하게 된다. 화장기 없는 순수한 맛! 그것이 찜의 매력이다. 요리할 때는 나를 위해서 내가 좋아하는 걸 넣고 만드는 행위 자체가 중요하다. 내가 해 먹는 음식은 내 몸을 이루는 근간이 되기 때문에 괜찮은 요리를 나만의 방식으로 괜찮게 만들어 먹으면 나 또한 괜찮은 사람이 된다. 난 그렇게 믿는다. 나를 위해서 포기하지 않고, 묵묵히 하면 된다. 오늘도 애쓰고 수고한 나를 위해 소중한 내가 나를 챙기면 된다.

오리고기 야채찜 1인분

재료
훈제오리 100g, 알배추 2장, 팽이버섯 ⅓봉지(약 50g), 표고버섯 1개, 애호박 ¼개, 간장 1큰술(15mL), 맛술 1큰술(15mL), 참기름 1큰술(15mL), 고춧가루 1작은술(2g), 설탕 1작은술(4g), 다진 마늘 1작은술(7g), 깨소금 1큰술(5g), 숙주 한 줌

조리순서
1   숙주, 알배추, 팽이버섯, 표고버섯, 애호박을 손질해 준비한다.
2   찜기에 채소를 넓게 깔고 그 위에 훈제오리고기를 살짝 씻어서 올린다.
3   전자레인지에 5분간 돌린다.
4   볼에 간장 1큰술, 맛술 1큰술, 참기름 1큰술, 고춧가루 1작은술, 설탕 1작은술, 다진 마늘 1작은술, 깨소금 1큰술을 넣어 양념장을 만든다.
5   찐 채소와 훈제오리고기를 그릇에 담아 양념장에 찍어 먹는다.

돈은 없지만 고급지게 먹고 싶어
어묵부추잡채

어묵은 그 자체로도 이미 훌륭한 요리이지만, 어떤 음식에 들어가도 빛을 발하는 씬 스틸러다. 떡볶이에 넣으면 떡볶이 맛을 한층 살려 주고, 우동에 넣으면 누가 주인공인지 모를 만큼 맛있는 어묵 우동이 된다. 칼칼한 고춧가루를 넣고 볶으면 국민 반찬으로도 손색이 없다.

오늘은 이 어묵으로 품위 있는 맛을 내는 요리를 만들어 보려고 한다. 그 요리는 바로 어묵부추잡채이다. 비싼 소고기를 대체해서 어묵의 품격을 끌어 올리는 맛이다. 돈 없을 때 간단하면서도 고급지게 즐길 수 있는 요리이다. 어묵부추잡채는 살짝 익은 아삭한 부추가 어묵을 한 아름 안아 주는 맛이다. 입에 들어가는 순간 부추의 아삭거리는 식감이 뇌를 자극하고, 자극하는 소리가 끝날 즈음에 부드러운 어묵이 혀를 감싸 안는다.

영화 "베테랑"에 내가 좋아하는 명대사가 있다.

"야! 우리가 돈이 없지, 가오가 없냐?"

이 대사처럼 돈은 없지만 '가오 폼을 속되게 이르는 말지게' 먹고 싶을 때는 썬 스틸러 어묵을 사용하면 된다. 돈이 없어서 싼 어묵으로 대체하는 정신승리의 음식이 아니다. 돈은 없어도 그 맛을 유지하면서 품위는 유지하고 싶은 요리이다. 어쩌면 대체요리가 아닌 그 자체로 충분한 요리이다.

하와이안 무스비와 같은 음식이라고 생각하면 좋겠다. 세계대전 중에 하와이에 이주한 일본인들이 고향에서 만들어 먹던 오무스비 주먹밥를 먹고 싶어 했다. 그러나 전쟁 중에 재료를 구할 수 없어 쉽게 구할 수 있던 스팸을 넣어 만들면서 하와이안 무스비가 탄생하게 되었고 하와이안 무스비는 그 자체로 고유한 음식이 되었다.

인생도 비슷하다. 꼭 어떤 행동을 해야 성공하는 건 아닌 것 같다. 조금만 생각을 전환하면 나에게 맞는 재료를 만날 수 있다. 그래서 나를 잘 아는 것이 중요하다. 내가 어떤 재료를 좋아하고 어떤 맛을 즐기는지 알아야 나만의 개성을 담은 고유한 요리를 만들 수가 있다. 누구나 자신만의 요리 하나쯤은 가지고 있다. 요리라고 하면 거창하게 들릴 수도 있지만, 음식 재료로 만드는 모든 행위가 요리다. 달걀 프라이도 요리이고 라면도 요리이다. 여기에 자신의 품위를 유지할 무언가를 더한다면 나만의 특색 있는 특별한 요리가 된다.

예를 들어 라면을 끓일 때 콩나물과 팽이버섯을 넣으며 콩나물 팽이버섯 라면이 되고, 참기름에 달걀 프라이를 반숙으로 익혀 밥 위에 올려 비벼 먹으면 참기름 달걀밥이 된다. 냉장고에 오래된 신김치를 씻어서 들기름에만 무치면 들기름 김치 무침이 된다. 이렇듯 본인만의 고유한 색을 추가해서 먹으면 의미 있는 무언가를 만들 수 있다. 그러면 그 순간만큼은 온전히 자신에게만 집중하게 된다. 아직 자신만의 요리를 찾지 못했다면 지금부터 천천히 생각해 보자.

어묵부추잡채 1인분

재료

부추 한 줌(약 30g), 간장 1큰술(15mL), 참기름 1큰술(15mL), 설탕 1큰술(12g), 맛술 1큰술(15mL), 어묵 2장, 양파 ½개, 식용유

조리순서

1   부추는 깨끗이 씻어 4~5cm 길이로 썬다.

2   어묵과 양파는 길게 채 썬다.

3   볼에 간장 1큰술, 참기름 1큰술, 설탕 1큰술, 맛술 1큰술을 넣고 잘 섞는다.

4   팬에 식용유를 살짝 두르고 양파를 먼저 볶아 향을 내고 살짝 숨이 죽을 때까지 익힌다.

5   양파가 익으면 채 썬 어묵과 부추를 넣고 센 불에서 볶는다.

6   불이 오를 정도로 센 불을 유지하면서 준비한 양념장을 부어 빠르게 볶는다.

*

TIP   부추는 오래 볶지 말고 살짝 숨만 죽여야 향이 산다.

든든하게 바삭하게

바비큐 수육

성에게서 전화가 왔다.

성은 방언으로 형이라는 뜻이지만, 나는 언니들을 성이라
고 부른다. 정 여사가 이모들을 큰 성, 작은 성으로 불렀기 때
문에 우리도 재미 삼아 성이라고 부른다.

"저기, 이번 주에 집들이가 있는데 혹시 그거 해 줄 수 있
어? 너희 집 수육 말이야."

목소리에서 다급함과 간절함이 묻어났기에 나는 바로 수
락했다. 바비큐 수육은 우리만의 방식이 있다. 보통의 수육
은 된장에 삶아서 만드는데 우리는 삶지 않는다. 팬에 기름을
둘러 튀기듯이 겉면을 살짝 익히고, 물과 소주를 살짝 부어
졸이듯이 조리하는 수육이다. 신기하게도 삼투압 현상에 의
해서 고기 안의 기름이 빠져나가 겉면은 아주 바삭바삭하고
속은 촉촉하게 익는다. 중요한 행사에는 이만한 음식이 없다.

바비큐 수육은 겉바속촉 _{겉은 바삭 속은 촉촉} 으로 만들어야 그 본연의 맛이 산다. 겉은 장작 구이 같은 질감이고 속은 촉촉 하면서 육즙이 터져 나와 폭신폭신하다. 전혀 다른 질감이 독특한 조합을 선사하는 맛이다. 처음 먹어본 사람들은 바비 큐와 같은 질감에 놀라고 부드러움에 한 번 더 놀란다. 거기 에 새우젓을 찍어 먹으면 짭조름한 감칠맛이 혀를 자극한다. 그리고 생강 간장소스를 뿌린 양배추를 곁들이면 금상첨화 다. 보통은 김치와 함께 먹지만, 얇게 채진 양배추 샐러드를 곁들이면 색다른 요리가 된다. 처음에는 생소한 조합 때문에 당황할 수 있다. 그러나 천천히 양배추를 씹으면 생강 소스 가 조화롭게 어울려 바비큐의 느끼한 맛을 잊고 개운함을 느 낄 수 있다. 성에게 수육을 잘 대접했는지를 물었다. 모두에 게 큰 호응을 얻었다며 고마워했다.

남편 친구들이 놀러 왔을 때도 바비큐 수육을 내놓았다. 처음 접하는 식감에 다들 눈을 휘둥그레 떴다. 얇게 썰린 삼 겹살을 젓가락으로 집어, 새우젓 소스에 살짝 담갔다가 드시 면 된다고 상세히 설명도 해 주었다.

"제수씨! 이거 너무 맛있는데요? 이 정도면 장사하셔도 되 겠어요."

"아우. 맛있게 드셔 주셔서 감사해요. 근데 이거 만들면 고기가 딱 반으로 줄거든요, 고깃값이 너무 많이 들어서 장사하면 망하기 딱 좋아요. 더는 망하고 싶지 않아요."

자조 섞인 농담을 넌시며 그저 언제든지 놀러 오셔서 맛있게 드시고 가시라고 했다.

바비큐 수육은 든든하면서도 바삭한 요리이다. 수고한 이들에게 보내는 든든한 위로이기도 하고, 대접하는 음식으로 바삭한 재미를 선사하는 유쾌한 음식이기도 하다. 여러 사람이 모이면 모인 사람만큼의 다양한 이야기가 있어서, 모인 사람만큼의 다양한 관점이 있어서 좋다. 그 분위기를 바비큐 수육이 한껏 고조시켰다. 다른 이들의 생각을 듣고, 공감하고, 나누면서, 별것 아닌 것 같은 소소한 일상이지만 거기에 우리만의 관점을 부여하니, 그 시간이 더 의미 있었다. 먹는 것도 인생도 어쩌면 의미를 붙이기 나름 아닌가 싶다. 내가 그것의 의미를 붙이면 그 일상이 소중해지고 특별하게 느껴지기 때문이다. 바비큐 수육은 그런 의미 이끌어내는 마법 같은 음식이다. 역시 고기 앞에서는 한껏 진실하다.

바비큐 수육 4인분

재료

수육용 삼겹살 1근(600g), 통마늘 8~10쪽, 통후추 10알, 월계수 잎 4~5
장, 소주 200mL, 식용유 3큰술(45mL), 새우젓 2큰술(24g), 생강즙 1작
은술(5g), 식초 1큰술(15mL), 참기름 1큰술(15mL), 고춧가루 1작은술
(2g), 다진 파 한 줌

조리순서

1   수육용 삼겹살을 찬물에 30분간 담가 핏물을 뺀다.

2   팬에 식용유를 넉넉히 두르고 삼겹살을 올리고, 물과 소주를 1:1
     로 섞어 팬에 ⅓ 높이까지 붓는다.

3   물이 끓으면 삼겹살을 골고루 뒤집어 가며 4면을 노릇하게 초벌
     한다.

4   겉면이 구워지기 시작하면 통마늘, 통후추, 월계수 잎을 넣는다.

5   약불로 줄여 타지 않게 뒤집으며 1시간 정도 천천히 익힌다. 젓가
     락으로 찔렀을 때 부드럽게 들어가면 완성이다.

6   새우젓에 생강즙, 식초, 참기름, 고춧가루, 다진 파를 넣고 섞는다.

7   얇게 썬 수육을 접시에 담고 새우젓 소스에 찍어 먹는다.

*

TIP   수육은 채 썬 양배추에 생강즙 생강즙 1큰술(15mL)+설탕 1큰술(15mL) 소스
      를 얹어 함께 곁들이면 좋다.

자신을 사랑하는 행위
정종 어묵탕

나는 '수고했다'는 말이 참 좋다. 일을 하느라고 힘을 들이고 애를 쓴다는 말인데, 그 모습이 내 모습 같아서 좋다. 회사 다니느라, 아이들 키우느라, 시부모님 돌보느라, 친정 챙기느라 애를 쓰며 하루를 종종걸음으로 사는 내 모습 같았다. 그 일이 고역이나 고생은 아니었다. 해야만 하는 일이고 거기서 얻는 기쁨이 크기 때문에, 고생했다는 말보다 수고했다는 말이 좋다. 누군가에게 인사를 할 때도 '오늘도 수고 많으셨어요.'라고 말하는 편이다. 설령 아무도 알아주지 않아도 스스로 수고했다고 말한다.

나는 시키는 대로 사는 평범한 인생을 살았다. 학생 때는 공부를 했고, 학교를 졸업하고 나서는 취직해 사회생활을 했다. 친구들을 좋아했고, 회사 동료들과 두루두루 즐거웠다. 그러다 결혼을 했고 예쁜 아이를 두 명이나 낳았다. 특별할 것 하나 없는 무난한 인생이었다. 그러다 어느 날 남편 사업이 망했다. 평범한 일상에 균열이 생겼다. 아픈 시부모님을 모셔야 했고, 아이들은 어렸고, 남편은 마음이 힘들었다. 돈 때문에, 마음 때문에 오랜 친구들을 잃었다. 그리고 마침내 내 마음이 무너졌다. 무너진 마음은 갈피를 잡지 못했다. 이렇게 사는 게 의미가 있는가 생각하게 되었다. 놀랍게도 그때까지 한 번도 살아야 하는 의미에 대해 생각해 본 적이 없었다. 마음이 무너지니, 평범했던 일상이 굉장히 특별했던 것이라는 걸 알았다. 소소하게 느꼈던 경제적 여유, 시간적 여유가 그리웠다. 가슴이 뻥 뚫린 듯 공허했다. 모든 것이 의미를 잃었다. 세상에 혼자인 듯 너무 외로웠다. 그리고 상담 선생님을 찾아갔다.

"선생님. 매일 먹고 자고……. 사는 게 똑같아요. 그런데도 왜 살아야 하나요?"

"음……. 인생을 자신만의 의미로 이루기 위해서예요."

"저만의 의미로요? 그게 뭔지 모르는데요."

"그렇다면 지금부터 찾으시면 돼요. 늦은 것도 아니고 보통 그 나이에 그런 의미를 생각해요"

"저는 제가 싫지 않고 좋아요. 그런데 사랑한다는 건 어떤 의미인지 잘 모르겠어요."

"자신을 사랑하는 건 자신을 자식처럼 귀히 여긴다고 생각하시면 돼요."

아이들 이야기를 할 때는 좋아하는 음식이 무엇인지, 좋아하는 친구는 누군지, 몰입해서 하는 취미가 무엇인지를 바로 말할 수 있었다. 밤에 잘 때도 이불을 덮어 주고 깨끗하게 세탁한 옷을 건네며 불편한 게 없는지 수시로 살폈지만 정작 나를 챙기는 일은 제대로 하지 못했다. 상담 선생님의 말을 들은 후 그때부터 나만의 의미를 찾기 시작했다. 다른 사람들이 정해 놓은 의미가 아니라 스스로 느끼는 나만의 의미와 사랑하는 법을 찾기로 했다.

그 과정에서 인생은 나를 알아 가는 여정이라는 것을 깨달았다. 특별할 것 없는 일상이 소중하다는 것도 알았다. 가족과 함께 소소하게 따뜻한 음식을 만들어 먹으며 서로의 일상과 감정을 교류하고 소통하는 일은 내게 중요한 의미가 되었다. 돈을 위해 무작정 달리지도 않는다. 더 이상 나에겐 큰 성공도 의미 없다.

부모님과 함께 하는 시간의 소중함을 새삼 알게 되었다. 정 여사가 몇 차례 큰 수술을 받는 모습을 지켜보면서 '부모님은 시간을 기다려주지 않는다'는 말이 무슨 뜻인지 몸소 깨달았다. 게다가 갑작스럽게 시아버님이 돌아가시고 나니, 죽음이 얼마나 허망한지도 뼈저리게 느꼈다.

스치듯 우연히 읽었던 니체의 말을 매일 떠올랐다.

"네 운명을 사랑하라. Amor fati!"

그 말은 책 속에만 있는 거창한 말이나 미사여구에 불과한 말도 아니었다. 삶은 고통이지만 고통을 피하지 말고 현재의 네 운명과 마주하게 된다면 있는 그대로의 너를 사랑하게 된다는 뜻이었다. 이제 나는 나를 사랑하는 법을 알았다. 나를 위해 정성껏 커피를 내리는 것. 좋아하는 원두가 무엇인지도 몰랐던 나였지만, 이제 커피는 내 삶에 아주 의미 있는 요리가 되었다. 좋아하는 신맛이 나는 원두를 골라 커피 추출기에 넣고 따뜻한 커피로 하루를 시작한다. 커피는 오늘 하루 수고할 나에게 내가 보내는 사랑과 응원이다.

지금 자신을 사랑하는 법을 모르는 사람이라면 나는 요리를 하라고 말해 주고 싶다. 요리라는 단어가 거창하게 느껴질지도 모르겠다. 하지만 조금만 힘을 내어 칼질을 해보라고 말하고 싶다. 잘하고 능숙한 것은 중요하지 않다. 그저 나를 위해 무언가를 한다는 행위 자체에 집중하다 보면, 하고 싶은 일이 하나씩 생길 것이다.

오늘도 수고한 당신, 너무 애쓰지 않으면 좋겠다. 오지 않은 미래 때문에 현재를 잊지 않았으면 좋겠다. 사소한 웃음이 쌓이면 5분을 더 버틸 수 있고, 따뜻한 위로가 쌓이면 50분 더 버틸 수 있으며, 한입 가득 맛있는 응원이 쌓이면 5시간을 버틸 수 있다. 그렇게 하루를 살아갈 힘이 생긴다.

수고한 나와 당신을 위해 뜨끈한 정종 어묵탕을 권하고 싶다. 팔팔 끓는 어묵탕에 정종을 넣으면 끓으면서 알코올은 날아가지만, 국물에는 향긋한 정종의 자취가 스며 있다. 국물을 한 모금 마시면 따뜻한 온기가 온몸에 퍼지고, 정종의 열기가 몸을 따듯이 데운다. 그러면 지친 마음이 위로로 풀어져 내린다. 내 마음은 이 온기를 느낄 충분한 자격이 있다. 나를 포함한 수고한 누군가에게도 이 마음이 전해지기를 간절히 바라본다.

"수고했어요. 지금까지 견뎌 낸 그 시간만으로도 당신은 충분히 존중받을 자격이 있고 누구보다 아름다운 사람입니다."

정종 어묵탕 1인분

재료

어묵탕용 어묵 200g, 국 멸치 5~6마리, 무 ⅛개, 양파 ½개, 표고버섯
1개, 대파 한 줌, 다진 마늘 1작은술(7g), 정종 ½컵(100mL), 국간장 1큰
술(15mL), 액젓 1큰술(15mL), 후추 한 꼬집, 다시마 1조각(5×5cm)

조리순서

1   냄비에 국 멸치 5~6마리를 볶다가 다시마 조각과 물 500mL를 붓
    고 끓인다.

2   무는 나박 썰기, 표고와 양파는 채 썰기, 대파는 어슷썰기로 손질
    해 준비한다.

3   냄비에 육수가 끓으면, 멸치를 걸어 내고 무, 양파, 표고버섯을 넣
    는다.

4   국간장 1큰술, 액젓 1큰술, 다진 마늘 1작은술을 넣고 간을 맞추
    고 15분간 끓인다.

5   무가 어느 정도 익으면 준비한 어묵탕용 어묵을 넣는다.

6   탕이 끓으면 정종 반 컵을 넣고 한소끔 끓인다.

7   후추를 톡톡 뿌려 마무리한다.

*

TIP   정종은 향이 금방 날아가기 때문에 마지막에 넣는 것이 좋다.

한 입 가득 위로가 필요해

초판인쇄 2025년 10월 30일
초판발행 2025년 10월 30일

지은이 이명진
발행인 채종준

출판총괄 박능원
책임편집 양수정
디자인 최가은
마케팅 문선영
전자책 정담자리
국제업무 채보라

브랜드 크루
주소 경기도 파주시 회동길 230 (문발동)
투고문의 ksibook1@kstudy.com

발행처 한국학술정보(주)
출판신고 2003년 9월 25일 제406-2003-000012호
인쇄 북토리

ISBN 979-11-7457-174-8 03810